お飾り妻に
今の暮らしを
続けたい！

ルドルフ・ワンド
マリアンヌの夫。マリアンヌに白い契約結婚を申し入れた。平民の恋人を大切にしており、社交界にも同伴している。
リリベル
ルドルフの恋人。彼の愛人という立場にいる。ルドルフとの子どもを授かるが……。
マリアンヌ・ルーランド
伯爵令嬢。両親にない色味を持って生まれたため、愛されない幼少期を過ごし、その後契約結婚により侯爵家に嫁ぐことになる。真の意味での自立を目指している。
主な登場人物

ダニエル・ブロワー
地方貴族の嫡男。成績は、首席をケニーと争うほど。物静かなタイプだが仲間意識が強い。
ララ
海鮮レストランを経営する平民の長女で、オスカーという弟がいる。明るく庶民的な女性。
ケニー
マリアンヌの学友で、大きな商会の後継ぎ。マリアンヌを気遣い、面倒をみる。マリアンヌ結婚後もビジネスパートナーとして彼女を支える。
イリーナ・ワイズ
マリアンヌの学友。子爵令嬢。マリアンヌに負けぬほど不遇な幼少期を過ごすも、逞しく明るい性格でマリアンヌを助ける。

Contents

お飾り妻は今の暮らしを続けたい！

志波 連

イラスト
ありおか

1章　生まれました

美しい銀髪と深い森のようなグリーンアイを持ったマリアンヌは、ほどほどに裕福でほどほどに栄えている領地を持ったリック・ルーランド伯爵家に生を受けた。

目鼻立ちがはっきりしていて、美人に育つこと間違いなしとまで言われるマリアンヌだが、本人のあずかり知らぬところで大きな問題を抱えていた。

「本当に美しい赤ちゃんなのに……」

「目鼻立ちは奥様にそっくりね……」

「もうすぐご主人様が帰還されるんだ。絶対に不安そうな顔を見せてはいけないよ」

ルーランド伯爵家のメイドたちが口にする不安な言葉を耳にする度に、執事長のベンジャミンは戒《いまし》めたが、ルーランド伯爵夫人のハンナは一人で笑いを噛《か》み殺していた。

髪も目も夫妻にはない色味を持ったマリアンヌに、自分の不貞を疑うメイドたちがおかしくて仕方がなかったのだ。

ハンナは夫であるリックを心から愛しているし、彼の愛情を微塵《みじん》も疑ってなどいない。

そんな自分が不貞など働くはずがないじゃない？

ハンナは何も不安に思っていなかった。

「奥様、旦那様がお帰りになられました！」

執事長のベンジャミンが呼びに来た。

ハンナはマリアンヌを抱き上げ、いそいそと玄関ホールに向かう。

ハンナが妊娠に気付いたのはリックが隣国との戦争に出征して2カ月ほどした頃だった。

戦地に赴《おもむ》く最後の夜にできたのだと、ハンナは確信していた。

「リックはどんな顔をして喜ぶのかしら……楽しみだわ」

ハンナはマリアンヌを初めて見るリックの表情を何度も想像して、母になった喜びを噛みしめながら、天使のようなマリアンヌのぷっくりした頬《ほお》を優しく指先で撫《な》でてから、愛する夫を迎えるために使用人たちの前に立った。


「ただいま！　ハンナ、会いたかった！　会いたかったよ！」

リックが旅装も解かず駆け寄って来た。

「お帰りなさいリック。ご無事で何よりだわ。私も会いたかった……」

マリアンヌをメイドに渡して駆け寄るハンナと、それを両手でしっかりと受け止め、愛《いと》おしそうに抱き寄せるリックは、まさに理想的な相思相愛の夫婦の姿だ。

「リック、あなたの子供よ。抱いてやって？　とってもかわいいの」

「ああ、君が妊娠したと手紙で知らせてくれてから、毎日とても楽しみだったんだ。初めての出産だったのに傍《そば》にいてあげられなくて申し訳なかった」

「そんなこと！　リックは国のために1年も戦地で耐えたのよ。申し訳ないなんて言わないで。さあ早く！　あなたがマリアンヌと名付けてくれた子を抱いてやって」

　メイドが少し遠慮がちに赤子を差し出した。

　急いで手を伸ばすリックと、その表情にわくわくが抑えきれないハンナ。

　リックは一度ぎゅっと赤子を胸に抱きしめてから、赤子を包んでいたストールを外した。

「どう？　かわいいでしょう？」

「えっと……そうだね。君によく似ている……僕には似てないかな？」

「あら？　そうかしら。鼻の形はあなただと思うけど？　まあ、赤子の顔は何度も変わるっていうし、そのうちにあなたにそっくりになるんじゃないかしら？」

「そうだね……うん。楽しみにしておこう。ベンジャミン、湯あみをしたいのだが」

「準備ができております」

　ベンジャミンが恭《うやうや》しく応えた。

　リックは赤子をハンナに押し付けるように渡して言った。

「先に湯あみをしてくるよ。そのあとで一緒に食事をしよう」

「ええ、分かったわ、リック。ゆっくりしてね」

リックはその場から逃げるように去った。

残った使用人たちも蜘蛛《くも》の子を散らすように持ち場に戻る。

ハンナはマリアンヌの寝顔を見ながら小さなため息を吐《つ》いた。

「思ったような反応ではなかったわね。今は似ていないからかしら?」

ハンナの独り言にメイドはなんの反応も示さない。

ハンナはマリアンヌを抱いて自室に戻った。


湯あみを済ませたであろうリックから、夕食の誘いがあったのは夜遅くなってからだった。

マリアンヌはメイドに任せて寝かせてある。

それでも今夜は1年ぶりに、夫婦の寝室を使うことになるだろうとハンナは考えていた。

いつもより露出の多いドレスを選び、いそいそと食堂に向かったハンナがドアノブに手をかけた時、中からリックの声が聞こえてきた。

「ベンジャミン、僕はどんな顔をすればいいんだ? どうすればいい? 教えてくれよ」

戦地で何か問題でも起こしたのかしら?

ハンナはそう考えながら、ドアを開けた。

「お待たせしてごめんなさいね？　リックのために美しく着飾ろうと……リック？」

リックは泣いていた。

駆け寄るハンナとそっと距離をとるメイドたち。

ベンジャミンがハンナに声をかけた。

「奥様、ご主人様は大変お疲れのご様子です。ご夕食はお部屋に運ばせましょう」

「ベンジャミン？」

ハンナはリックの震える肩に手を伸ばしながら戸惑った。

「いや、いい。久しぶりの夫婦での食事だ。ここで一緒に食べよう」

「畏《かしこ》まりました」

使用人たちが一斉に動き出す。

ハンナはおずおずとリックの斜め前の席に座った。

リックがいない間も、ハンナはずっとその席を使っていた。

誰も座っていない家長の席にリックの面影《おもかげ》を見ながら、一人静かに食事をとる日々。

今日は夢にまで見たリックが、その席に座っている。

しかしハンナが期待していた雰囲気とは全く別の空気が流れていた。

「一体……何があったの？」

ハンナがリックに話しかけた。

「いや、なんでもないよ。さあ食事にしよう」

リックが少し青ざめた笑顔を見せる。

ハンナは今すぐに話し合って解決するべきだと思ったが、帰ったばかりのリックに言うこともできず、重苦しい空気のまま夕食が始まった。

ハンナが、リックの留守の間に起きたさまざまなニュースを面白おかしく話す。

泣きそうな顔のままリックが相槌《あいづち》を打ち、淡々と料理が運ばれてくる。

食堂にいた全員が、地獄のような時間だと感じていた。

ハンナを除いた全員が。

食事を終え、リックがハンナをエスコートして寝室に向かった。

ハンナは大丈夫だと自分に言い聞かせながら、手を引かれるまま歩いた。

夫婦の寝室の扉の前で、リックがボソッと言った。

「僕でいいの？」

ハンナは驚いて手を引いた。

「今なんて言ったの？」

「僕が君を抱いていいのかと聞いたんだよ？」

「何言ってるのよ、リック。あなた以外に私に触れる人はいないわ」

「そうだよね？　君は僕の奥さんだものね？」

「もちろんよ？　どうしてしまったの？　リック」

2人は寝室に消えた。

いつもは軽口を叩《たた》くメイドたちも、誰一人として声を発しなかった。

◆◇◆◇◆

先月1歳の誕生日を迎えたマリアンヌを抱いて、メイドが部屋から飛び出した。

開いたドアから怒鳴《どな》り合う声が漏れて、使用人たちは肩を竦《すく》める。

「またなの？」

「今日はいつもよりひどいわ」

「それは仕方がないわよ。ご主人様にお子様が生まれたんでしょ？」

「ひどい話よね」

マリアンヌを抱いたメイドと部屋の前を掃除していたメイドは、そそくさとその場を離れた。

陶器《とうき》が割れる音がして、ドアが大きく開く。

「だから！　違うって言ってるじゃないの！　なぜ信じてくれないのよ！　不貞をしているのはあなたの方じゃない！　子供ができたってどういうことよ！」

「そのままの意味さ。子供が生まれたんだよ、正真正銘の僕の子供がね」

「正真正銘って……マリアンヌは違うというの？　あなたはまだそんなことを言ってるの？　髪の色がそんなに大事？　目の色にそこまでの意味があるの？」

「僕にも君にもない色を持ったあの子を愛せというのか？　父上も母上も、君のご両親だってそうだ！　誰も銀の髪を待ってはいない！　緑の瞳も誰一人いないじゃないか！」

「だから先祖返りだって言ったじゃない！　そんなこともあるってお医者様がおっしゃったじゃないの！　あなたも聞いていたはずよ！」

「ああ、聞いたよ。命がけで戦っていた間に浮気をされた哀れな男を慰める嘘をね」

「そんなっ！　あの子は、あんなにあなたに似ているじゃないの」

「どこが？」

「……リック？」

「一昨日生まれた子はね、本当に僕にそっくりさ。髪も目も僕の色だ。笑った顔は彼女によく似て愛らしいんだ。全部あの子にはないものだ」

「どうすれば……どうすれば信じてくれるの？　マリアンヌはあなたの子供なのよ？」

「どうすればだって？　はぁっ？」

「私たちもうダメなの？　もうこのまま終わってしまうの？」

「離婚するって言ってるの？　どうやって暮らしていくのさ。どこの馬の骨かも分からない奴の子供を産んだとはいえ、一度は命を懸けて愛した君を思えばこそ妻のままにしておいてやっているんだ。ありがたく思っているんじゃないのかい？　泣いて感謝してもらいたいけど？」

「そんなこと！」

「だって君は不貞を働いて子供を産んだって、実家からも勘当されたじゃないか。あの子供を抱えて路頭に迷うか？」

「私を信じない両親の話はしないで！　あの子はあなたの子なのよ」

「ああ、もううんざりだ。毎回同じ言い争いは止めようよ。ここにいていいし、あの子にも教育を受けさせていい。遠縁の子を預かっていると考えれば我慢もできる。だけど、これだけは譲れない。一昨日生まれた子供が後継者だ。貴族にとって血筋は最重要事項だからね」

「血筋……」

「ああ、血筋さ。血筋っていえば、あの子は平民の子？　それともどこぞのイヤらしい貴族の子かい？　君ごと引き取ってくれるほどの甲斐性はないようだから、やっぱり平民かな？」

「……で……いって」

「え？　なに？」

「出て行って！」

「ははは！　喜んで行くさ！　僕は愛する家族のもとに帰る。家長の僕がここまで譲歩しているんだ。ほんとに感謝してほしいもんだね」

真っ青な顔のハンナを振り返ることなく、リックは部屋を出た。

遠巻きに様子を窺《うかが》っていたメイドたちは、慌てて視線を逸《そ》らす。

「君たちもご苦労だね。お給料はちゃんと払うから、あの阿婆擦《あばず》れとどこかの馬の骨の子供をよろしくね」

額の血管を膨張させたまま、真っ赤な顔でリックは作り笑いを浮かべて言った。

メイドたちは、どう反応していいのか分からずに俯《うつむ》いた。

ハンナは馬車に乗り込んだリックの背中を窓から見ていた。

もう涙も出ない。

「髪の色が違うだけで？　愛する家族はここにいる私たちではないの？」

ハンナは、そう呟《つぶや》き床に倒れ込んだ。

2章　6歳で孤独を理解しました

それからハンナは、ほとんど毎日自室で過ごした。

食は進まず顔色はどす黒くなっている。

ぶつぶつと独り言を繰り返し、突然暴れて泣きじゃくる。

すくすくと育つマリアンヌを見ては、狂ったように叫ぶ。

メイドたちはハンナとマリアンヌに関わることが憂鬱《ゆううつ》だった。

それでも執事長であるベンジャミンだけは、ハンナとマリアンヌを庇《かば》った。

何度もリックを諌《いさ》めてくれたが、リックは聞く耳を持たないまま月日だけが過ぎる。

リックが戦場から帰って来た日を境に、幸せで溢《あふ》れていたルーランド伯爵家から色が抜け落ちた。

あの日からズレていった夫婦にとって、この屋敷は世間体《せけんてい》を保つためのただの箱だ。

華やかなカーテンも上品な壁紙も、全て灰色に見える。

そう、まるでマリアンヌの髪の色のように。

当然ではあるが、伯爵としての仕事をリックはきちんとこなしていた。

そのために、月に何度かはこの屋敷に戻ってくる。

報告を受け、適切な指示をベンジャミンに出して愛する家族が住む家に帰る。

もともと贅沢《ぜいたく》をする習慣のないリックにとって、二重生活はそれほどの負担ではなかった。

早くに亡くなった両親がリックに残した小さな領地の収入は安定しており、お金に苦労することもない。

それらは新婚当初からずっと努力してきたハンナの功績でもあったし、リックはそれを認めているので、ハンナを追い出すことはしなかった。

リックにとっては浮気をした女にかけてやる情け以外の何物でもなかったが、かけられたハンナにとっては拷問《ごうもん》だった。

ハンナが領地経営から手を引いて以降、少しずつではあるが売り上げは落ちている。

しかし、まだ手の打ちようはあるとリックもベンジャミンも考えていた。


ある日の午後、ルーランド伯爵邸の執務室では執事長と会計担当官がため息を吐いていた。

「奥様の経営手腕は素晴らしかったですねぇ」

今年度の帳簿を確認しながら、会計担当官がベンジャミンに言う。

「それを、ご主人の前では言わないでくださいよ？」

「もちろん言いませんよ。それにしても奥様は本当に？」

「誤解ですよ。奥様の身の潔白はずっとお傍にいた私が証明できますから」

「でも、ご主人様があの調子では」

「ええ、本当に」

2人は同時に大きくため息を吐く。

「今日はご主人様が例の件で来られる日ですよね？」

「ええ、ですがもうあの頃のような言い争いはないですから。すぐに済むでしょう」

「言い争っていた方が、まだよかったかもしれませんね」

「いやいや……、奥様が可哀想《かわいそう》過ぎますよ。もう関わらない方がいいでしょう」

「ベンジャミンさんが諦《あきら》めては、どうしようもありませんよ？」

「そうですね……。しかしこれ以上、奥様を傷つけるのは……」

「悲しいですね」

「本当に」

いつもと同じような会話をしていた2人のもとに、リックが帰ったと報告が来た。

2人は書類を抱えて執務室に向かった。

リックがハンナの顔を見ることもなくなって、既に4年の歳月が流れている。

リックが帰った時、マリアンヌはメイドたちと一緒に裏庭でボール遊びをしていた。

馬車から降りたリックは、その腕に小さな女の子を抱いている。

2人のあとを追って、男の子が元気よく馬車から飛び降りた。

「ダメだよ？　大事なお前が怪我《けが》をしたら大変だ」

リックが優しい声で男の子の頭を愛おしそうに撫でる。

そんな父親の顔を見て男の子は微笑《ほほえ》み、抱かれている女の子は父親の顔に自分の顔をくっつけた。

幸せそうな親子を遠くから見つめるマリアンヌ。

「ねえ？　あの方はどなた？」

マリアンヌがメイドに聞いた。

「あ……あの方は……リック・ルーランド伯爵様です」

「お子様までご一緒なのね。お母様に何か御用なのかしら？」

「マリアンヌ様、あの方はこの屋敷のご主人様ですから、ご自宅にお帰りになったのです」

「ここはお母様と私の屋敷ではないの？」

「それは……」

リックが2人の子供と一緒に、マリアンヌたちの方へ視線を向けた。

メイドは慌ててマリアンヌをスカートで隠す。

男の子が不思議そうに父親に聞いた。

「ねえお父様、あの子は誰？」

「あの子？　どこにいた？」

「ほら、あそこに。銀色の髪の女の子だよ」

「そんなもの見えないぞ？　メイドがいるだけだろう？」

「いたよ？　僕見たよ」

「いない。もしお前の目に銀色の髪の女の子が見えたのなら、それは幽霊だ。近寄ってはいけないよ」

「ゆ、幽霊？　……うん、分かった。近寄らないよ」

「いい子だね。近寄らなければ何もしてはこないさ。もし話しかけられても返事をしてはいけないよ。万が一何かしてきたらすぐにお父様に言うんだ。退治してあげるからね」

「うん。分かった」

リックはメイドたちを険しい目で睨《にら》みつけたあと、子供たちと屋敷に入っていった。

マリアンヌはメイドのスカートの間からその様子をじっと見ていた。

そしてその一部始終をハンナも窓から見ていた。

その頃のハンナの中には、憎しみも悲しみも愛も情も何も残ってはいなかった。

ハンナの目には、まるで隣の家での出来事のようにしか映っていない。

この日リックが子供たちを連れて来たのは、今のままでは婚外子となってしまう愛しい我が子のために爵位の継承権を与えるためだった。

弁護士立ち合いのもと、リックの実子として司法局に承認してもらう手続きをするのだ。

弁護士は全ての事情を把握しており、書類は滞りなく準備されている。

あとは子供たち本人に父親と母親の名を言わせ、弁護士が証人になるだけだった。

いわゆる地獄の沙汰《さた》も金次第というところだろう。

その手続きは、当主の執務室で行われることも条件の一つだったのだ。

リックは子供たちの母親を同行してはいない。

そのことだけでも、ベンジャミンたちはホッと胸を撫でおろした。

屋敷の中で手続きが進んでいた頃、マリアンヌはまだ庭にいた。

そもそもマリアンヌとリックたちが出会わないようにするために外に出されていたのだ。

運悪くボールが玄関近くまで転がってしまい、それを追ったマリアンヌが息子の目に映ってしまったのだ。

メイドたちは処罰されることを覚悟したが、リックからは何も言われなかった。

今夜はお祝いだと言いながら、仲睦《なかむつ》まじく馬車に乗り込んでいった親子を、使用人たちは無表情のまま見送った。

しかしその日、愛しい我が子たちに向けて言ったリックの一言が、マリアンヌのその後を決めることになる。

幽霊だから、見てはダメ。

話しかけられても聞こえないふりをして、もしも何かあったら親に言う。

2人の子供は、父親の言いつけを見事なほどに守っていくのだった。


リックが子供2人を連れて屋敷に来たあの日から、ハンナはほとんど食事をしなくなった。

使用人たちが泣いて頼んでも、ハンナはほんの少しの水しか口にしなかった。

「このままでは奥様が死んでしまう」

困り果てたベンジャミンは、リックに相談した。

「医者でも呼んでやれば？　不貞を働いていたくせに、まだ気を引こうとするの？　呆《あき》れるね」

リックの言葉にベンジャミンは俯くしかなかった。

ハンナはずっと自室の窓から外を眺めている。

そうしている時だけ、穏やかな表情になるのだ。

しかし、マリアンヌが傍に来て、その刺繍《ししゅう》糸のようにまっすぐで美しい銀髪が視界に入ると、ハンナはからっぽの胃から血を吐いて泣き叫ぶのだった。

使用人たちは母娘のためを思って、2人を近寄らせないようにした。

そして父親にも母親にも、一片の愛さえもらえないマリアンヌを心から憐《あわ》れんだ。

ルーランド伯爵家の長子であり、正当な後継者であるはずのマリアンヌ。

ベンジャミンをはじめとする使用人たちは、リックに隠れて最大限の愛情を注いだ。

◆◇◆◇◆

マリアンヌは4歳になった日からずっと、伯爵令嬢としての教育を受けていた。

雇われた家庭教師ミセス・オスヤは事情を全て把握し、心を尽くしてマリアンヌを教育し続けている。

「さすがマリアンヌ様です。6歳でこの本を理解されるとは驚くばかりでございます」

「ありがとうございます。オスヤ先生のお陰ですわ」

「今日はこれで終わりにいたしますが、何かご質問はございますか？」

「先生、全く別件ですが、一つご教示をお願いしたいことがございます」

「なんでしょう？」

「人はなんのために生まれ、なぜ生きようとするのでしょうか。誰のために努力し、誰のために学ぶのでしょうか」

「マリアンヌ様？」

マリアンヌがポロッと涙をこぼす。

ミセス・オスヤは慌てて駆け寄りマリアンヌを抱きしめた。

「私は……なんのために……」

マリアンヌの頬に一筋だけ流れた涙の跡を指先でなぞりながら、優しい声で言う。

「マリアンヌ様、人は自分のために生まれ、自分のために懸命に生きていくのです。自分のために努力し、自分のために学ぶのです。誰からも見返りを求めてはいけません。全て自分のためなのですよ」

「それでも私は、お母様によくやったねって褒《ほ》めていただきたいのです。頑張っているよって慰めていただきたいの。ベンジャミンにも他の使用人たちにも、騎士たちにも大切にされていると思います。でもお母様は……この髪を短く切ってしまえば、お母様は私に会ってくださる

でしょうか」

「マリアンヌ様、かなり厳しいことを言います。たとえその美しい銀髪を切ったとしても、お母様はお会いにはならないでしょう。それはマリアンヌ様がどうこうできる問題ではないのです。今あなたにできることは、誰にも依存せず己を磨き続けることだけなのですよ」

「そうすれば、何か変わるのでしょうか」

「そうですね。人として一番大切なことが身に付きます」

「それはなんですか？」

「本当の意味での自立です。他者に幸せにしてもらおうなどという、烏滸《おこ》がましい考えを持たない強い心です。自分を幸せにできるのは自分だけです。でも人には優しくしなくてはいけません。誰も優しくしてくれなくても、他者に優しい人。これが本当に自立している人です」

「難しいことですね」

「そうですね、マリアンヌ様はまだ6歳ですもの。焦る必要はありませんよ」

「オスヤ先生……。人って結局のところ……みんな孤独なのですね」

「マリアンヌ様……そうかもしれませんわ」

じっと佇《たたず》むマリアンヌに微笑みかけて、ミセス・オスヤは部屋を出た。

扉の外には、ベンジャミンが立っていた。

ベンジャミンがミセス・オスヤに、そっとハンカチを差し出す。

彼女はハンカチを受け取り、声を殺して泣いた。

「6歳で孤独の真理を理解し、人生を諦観《ていかん》するなんて……過酷すぎますわ」


それからもマリアンヌは毎日努力を続けたが、ハンナの視界に入ることはなかった。

心を伽藍洞《がらんどう》にしたハンナの美しかったピンクゴールドの髪は、いつの間にか色が抜け、灰色になっている。

どす黒くこけた頬と落ち窪《くぼ》んだ眼。

まさに幽霊の姿で、意味もなく窓の外を眺めているだけ。

「今日もお母様にはお会いできないのでしょうか？」

東屋《あずまや》でミセス・オスヤにお茶会の作法を学んでいたマリアンヌがぽつりと聞いた。

「マリアンヌ様、奥様は眠っておられます」

「そう。それなら仕方がないですね。寝顔を拝見するのもダメかしら」

ミセス・オスヤは、マリアンヌが置かれているあまりにも理不尽な立場に耐えかねて言った。

「絶対に声を出さないと約束できますか？」

「ええ、約束いたしますわ」

「分かりました。それでは一緒に参りましょう」

ミセス・オスヤは年齢の割に小さい体のマリアンヌを軽々と抱き上げると、今から向かおうとしているハンナの寝室の窓を何気なく見上げた。

その刹那《せつな》、ゆっくりと窓が開き、痩《や》せ細ったハンナの上半身がゆらりと浮かび上がった。

マリアンヌとミセス・オスヤ、メイドたちが見ている中、ひらひらとハンナの体が枯葉のように宙を舞う。

何かを掴《つか》もうとするかのように、ハンナの手が空に伸びていた。

メイドが大きな声を上げて叫んだ。

「奥様！　奥様！　あああぁぁぁぁ」

意外なほど大きな音を立てて、ハンナの体が庭に叩きつけられた。

マリアンヌは母親の壮絶な死の瞬間を直視してしまったのだ。

体が震え、世界中から色が消えた。

なぜか自分の呼吸音だけが聞こえ、マリアンヌはそれが鬱陶《うっとう》しくて耳を両手で塞いだ。

それでも声は出さない。

自分が声を出してしまうと、お母様の眠りを妨げてしまう。

マリアンヌは真一文字に唇を引き結んだ。

ベンジャミンたち使用人が屋敷から駆け出す。

全員が右往左往している中、ミセス・オスヤはマリアンヌを抱きハンナの側に行った。

頭から大量の血を流し、目を開けたまま命を落としたハンナ。

「マリアンヌ様、お母様の目を閉じてあげましょうね」

マリアンヌはミセス・オスヤに言われるまま、母親の血だらけの顔に手を伸ばし、そっと瞼を押し下げた。

最後に残っていた肺の中の空気が、グフッという音を立ててハンナの口から漏れる。

ハンナは悲しみと絶望を抱えたまま、逝《い》ってしまった。

マリアンヌは見たくても見ることが叶《かな》わなかった母の顔を、静かに見つめ続けた。


その日の夕方、リックが慌てて帰ってきた。

マリアンヌは自室に連れていかれ、部屋の外の様子は何も分からない。

メイドが一人張り付いて、何かと話しかけてくるがマリアンヌの耳には入らなかった。

その日はそのままベッドに入らされ、次の日の朝には真っ黒なワンピースを着せられた。

同じように真っ黒な服を着たミセス・オスヤが迎えにくるまで、一人で部屋にいた。

誰も口をきかず、誰もマリアンヌと目を合わさない。

屋敷を出る時に母親の寝室の前を通ったが、ドアは閉ざされ中の様子は分からない。
馬車に乗せられて、オスヤと一緒に教会に連れていかれた。
黒いリボンで結ばれた銀髪が風に揺れ、弔問客《ちょうもんきゃく》の涙を誘う。
それでもマリアンヌは、声も出さず泣くこともなかった。
祭壇の一番前に喪服を纏《まと》ったリックが、ぽつんと一人で座っていた。
ミセス・オスヤが付き添い、マリアンヌはリックの真後ろの席に座る。
リックは振り返らない。
マリアンヌは、リックの背中が小刻みに震えていることが不思議でならなかった。
最後のお別れだと言われ、つま先立ちで母親の棺《ひつぎ》を覗《のぞ》き込むマリアンヌ。
あまりにも穏やかな母親の死顔を見て、マリアンヌは思った。
お母様は私と同じ髪色になられたのね……と。
母親とのお別れを済ませたマリアンヌは、棺の前でゆっくりと振り返った。
リックは相変わらず床を見つめたままだ。
ずっと自分を避けてきた両親。
2人の姿を同時に見たのは初めてだとマリアンヌは思った。
微笑むような死顔の母親と、うつろな目で動かない父親。

（亡くなったお母様より生きているお父様の方がよっぽど死人のようだわ）

そんなことを考えながら、初めて見る両親のツーショットを目に焼き付け、マリアンヌは教会を出た。

母親の棺に土をかけ、その上に置かれた四角い石を眺めつつマリアンヌは呟いた。

「人って生きていても死んでいても、所詮《しょせん》は一人……結局のところ孤独なのね」

その言葉を聞いたミセス・オスヤとベンジャミンは、唇を噛んで涙を流した。

◆◇◆◇◆

ハンナの葬儀から半年後、マリアンヌの部屋を除いた屋敷の全てに改装工事の手が入った。

くすんでいた壁紙は明るい色に変わり、ハンナの部屋と夫婦の寝室だった場所は取り壊され、2階にもかかわらず広いロビーのようになっている。

西側にあるマリアンヌの部屋から一番遠い東側に、夫婦の部屋と子供部屋が2つ作られた。

その向かい側には、新たな夫婦の寝室が出来上がっている。

家族4人だけのパーソナルスペース。

大きなロビーのような空間を挟《はさ》んで、東と西に分断されたような間取りだ。

今回の改装工事でマリアンヌが最も驚いたのは、簡易的ではあるがマリアンヌ専用のバスとトイレが自室の続きに新設されたことだった。

「完全隔離……何も共用する気はないという意思表示でございますわね。確かに承りましたわ、リック・ルーランド伯爵様」

マリアンヌは進んでいく工事を眺めながら、笑顔を浮かべた。

ミセス・オスヤは相変わらず通っていたが、勉強というより哲学的な会話が増えている。優秀なマリアンヌには、現時点ではこれ以上教えることがないという判断からだ。

「マリアンヌ様、もうすぐご当主様が新しいご家族と一緒にこちらに住まわれますね」

「ええ、誰も教えてくれないけれど。まあ、工事を見ていたら分かりますわね」

「マリアンヌ様が学院に入学できるまで、あと半年です。言い換えると、あと半年はこの屋敷で暮らさなくてはいけません。もしもご当主様が寮のない貴族学園を選ばれたら、卒業までずっと暮らさなくてはなりません」

「そうですわね……伯爵様は間違いなく寮のある学校をお選びになるでしょうから、心配はしていませんわ。私という存在は伯爵様にとって目障りでしょうし、私としてもその方がありがたいのです」

「さすがマリアンヌ様、冷静ですね。安心いたしました」

「オスヤ先生のお陰です。ずっと以前に先生がおっしゃっていたことが最近分かりかけていますの」

「それは？」

「他者に幸せを求めないということですわ。両親にさえ幸せを求めることができなかった私が、他人様にそれを求めるなど、とんでもない愚挙と言えましょう。それでも私は他者を思いやる行動を心がけます。もちろん見返りは望みませんわ」

「マリアンヌ様、あなたは私の最高傑作です。あなたは強い。このことを忘れないでください。自分の強さを否定しないでください。弱者を装うなど愚か者がすることです。そしてマリアンヌ様の強さは、磨き上げた知性に裏打ちされているのです。これからもずっと自分のために努力をなさってくださいね」

「ありがとうございます。肝に銘じますわ」


数日後、リックたちが屋敷に引っ越してきた。

もちろん、リックがマリアンヌを家族に紹介することはない。

新設された大きなロビースペースで子供たちの笑い声が響いていたが、マリアンヌにとってそれは、野鳥のさえずりと同じだった。

その後の生活の中でもベンジャミンをはじめとする使用人たちが気を利かせて、彼ら4人とマリアンヌが顔を合わせることはなかった。

そんな暮らしが数カ月過ぎた頃、マリアンヌの学院入学のための手続きが始まった。

当然のごとくリックからの説明はなく、ベンジャミンが部屋に来て話してくれた。

「お嬢様の入学先が決まりましたよ」

「あら、やっと決まったのね。それで？　どこなのでしょう」

「アランフェス学院です。身分に関係なく入学できますし、寮に入ることもできます」

「もちろん私は寮生一択ね。場所はどこなのかしら」

「ここから馬車で3日ほどのアーラン州にございます」

「まあ！　海辺の商人の町ね？　嬉《うれ》しいわ」

「さすがによくご存じですね。お嬢様は嬉しいのですか？」

「ええ、もちろん嬉しいわ。ベンジャミンたちと離れるのは寂しいけれど、幽霊でいるのも意外と疲れますからね。もう十分です」

「お嬢様……」

「それに私はずっと一人で生きていかなくてはならないでしょう？　だから大人になったら何か商売を始めたいと思っているの」

「商売ですか」

「ええ、それを考えると貴族だけじゃないというのは理想的だわ」

「お嬢様はお強いですね」

「ええ、私は強いらしいわ」

「よく頑張っておいでです」

「ありがとう。でもね、ベンジャミン。時々なぜか無性に寂しくて泣きたくなることがあるの。でも、そんな私を冷静に見ている自分もいるのよ。不思議でしょう？」

「ご自身を客観的に分析しておられるのでしょうね。大人でもなかなか難しいことです」

「慣れかしらね？　そうそう、それで学院での費用は全てリック・ルーランド伯爵様が負担してくださるのかしら」

「それはもちろんでございます。親なのですから当たり前のことです」

「親ねぇ……。それで入寮手続きや、教科書や制服の手配は？」

「全て私が責任を持ちまして」

「ああ、ベンジャミンがしてくれるなら安心だわ。では今後何か入用があった時もベンジャミンに相談すればいいのかしら」

「はい、お任せください。とにかくお嬢様、なんのご不便もご不足もないように、私が取り計らいますので、学生生活を存分にお楽しみください」

　ベンジャミンは恭しく礼をして退出した。


　それから入学までの間、ミセス・オスヤによってさまざまな一般常識を学びながら過ごした。

　そんな日々の中、マリアンヌは珍しく風邪《かぜ》をひいた。

　ベンジャミンによって医者が手配され、マリアンヌは2日ほどベッドから出られなかった。

　もう明日からは通常の生活に戻ってよいと言い残して医者が部屋を出たあとで、マリアンヌは医者が万年筆を忘れていることに気付いた。

　メイドは医者を玄関まで送っているため、自分で万年筆を持ち、ふらつく足であとを追った。

　玄関に行くには、子供たちの遊び場になっている場所を通らなくてはいけない。

　ドアを開けて様子を窺い、誰もいないことを確認してからマリアンヌは部屋を出た。

「誰？　……あっ！　幽霊だっ！　ひぃぃぃぃぃ」

　飾り棚の陰から男の子が飛び出した。

　しまったと思ったマリアンヌだが、そのまま突っ切るしかない。そう思った時、男の子が泣きながら両親の部屋に駆け込んだ。

「ママ！　大変だ！　幽霊がいる！」

その声を背中で聞きながら、マリアンヌは小さく舌打ちをして呟いた。

「何がママよ！　あんたは私と一つしか違わないのよ？　甘ったれね！　幽霊だって言うなら、ご期待通りに嚇かして差し上げようかしら」

階段をよろよろと降りるマリアンヌを見つけたメイドが駆け寄る。

マリアンヌは事情を話し、医者に万年筆を届けさせた。

また遭遇しても面倒だと思ったマリアンヌは、メイドが戻るのを玄関横の柱の陰で待った。

案の定、息子の話を聞いた母親が2階の手すりから階下を見ている。

その時初めてマリアンヌは、リックが最愛の妻と呼ぶ女性の顔を見た。

「あら、綺麗《きれい》な方ね。見事な金髪だわ。伯爵様の好みってずいぶんと分かり易いのねぇ」

およそ6歳とは思えない感想を抱いて、女性の顔を盗み見ていたらメイドが戻ってきた。

メイドが2階に駆け上がり、母親と息子を部屋に入れる。

それを確認してから、マリアンヌはゆっくりと階段を昇った。

気にしていないつもりでも、ちらっと見かけたその女性の顔が頭から離れず、その夜はなかなか眠れなかった。


それからのまた数カ月、二度とお互いが出会うこともなく、学院に向かう前日になった。

ベンジャミンがマリアンヌの部屋を訪れて言った。

「荷造りはできましたか？」

「ええ、みんなが頑張ってくれたから私は何もしなくて済んだわ」

「お嬢様、寂しくなりますが、どうぞお元気で」

「ありがとう。心身共に私が幼すぎたばかりに、みんなには苦労をかけてしまったわね。本当にいろいろありがとう」

「苦労などしていませんよ。私たち使用人はお嬢様のことが大好きですからね」

「私もみんなのことを心から大切に思っているわ。どうか体には気を付けて。伯爵様とそのご家族様のご機嫌を損ねないように、頑張ってお仕えしてね」

「お嬢様、明日は全員でお見送りをいたします」

「そんなことをしたら、伯爵様がお怒りになるわ。私は大丈夫だから、静かに心の中だけで見送って。屋敷に棲みついていた幽霊がやっと成仏《じょうぶつ》した……たったそれだけのことよ」

「それはいけません、お嬢様。それではあまりにも……」

「大丈夫。それなりに大人の事情は察しているわ。気にしないで」

あっけらかんとそう言ってのけたマリアンヌは、穏やかな笑みを浮かべている。

3章　学院はとても楽しいです

あくる朝、荷物を馬車に積み込んだマリアンヌはベンジャミンだけに見送られて出発した。

ふと胸に込み上げるものがあり振り向くと、屋敷中の窓から使用人たちが手を振っていた。

人生の師とも言える家庭教師のミセス・オスヤの姿もある。

馬車の窓から身を乗り出して手を振り返しながら、開いていない2階の東側の窓を見た。

「ああ、あそこが伯爵様ご一家が使われている部屋なのね。陽当たりがよさそうだわ」

マリアンヌは、その開いていない窓に向かって手を合わせた。

「どうぞお幸せに。仲良くお暮らしくださいませね。ご家族皆様のご健康とご多幸を心よりお祈りいたしますわ」

入学に関する全ての手続きは、ベンジャミンによって滞りなく済んでいた。

専属の侍女と護衛騎士を伴って入学する貴族子女が多い中、マリアンヌはたった一人で正門に降り立つ。

ここまで送ってくれた御者に荷物を寮まで運んでもらった。

丁寧《ていねい》に礼を言って、一人で長い道のりを帰る御者に少しばかりの小遣いを渡した。

「毎日着るものを悩まなくていいのは助かるわね」

学院では制服の着用が義務付けられているし、寮では自由な服装でよいとのこと。

締め付けの少ない簡素なワンピースを数着、餞別《せんべつ》として贈ってくれたミセス・オスヤに心の中で感謝の言葉を捧げた。

専属の侍女を連れていない貴族子女のために、雑用を頼める窓口が設置されていた。

利用の都度料金が発生するシステムだが、1年分がまとめて実家に請求されるため、気軽に使えそうだった。

ボタン付けも何もできないマリアンヌは安心しながらも、なるべく使わなくて済むようにしようと考えていた。


寮はロビーを挟んで男女で左右に分かれており、食堂と勉強室、談話室は共有スペースだ。

ひと通り寮の中を探検し自室に戻ろうとしていた時、後ろから声をかけられた。

「ねえ、あなたはどちらのご令嬢かしら？　新入生？」

振り向くと、真っ黒なストレートヘアが印象的な女の子が立っていた。

伯爵様の下の娘さんが成長したら、こんな感じなのかなとマリアンヌは漠然と思った。

「初めまして、私は新入生のマリアンヌと申します。ルーランド伯爵家の者ですわ」

マリアンヌが綺麗なカーテシーを披露する。

「まあ、ご丁寧に。私はイリーナと申します。ワイズ子爵家の長子ですの」

マリアンヌにとって、同世代の知り合いが初めてできた瞬間だ。

イリーナは一つ上の学年とのことだった。

この出会いは、マリアンヌの人生に大きな影響を与えることになる。

イリーナの紹介で2年生の子爵家長男ダニエル・ブロワーと、実家が商会を営んでいるケニー、この街の出身で実家はレストランだというララと、その弟オスカーとも仲良くなった。

いつも行動を共にする仲良しグループとなったこのメンバーのうち、寮生活を送るのはイリーナとケニーとマリアンヌの3人だ。

ケニーは南の都市ベラールから、この商業都市アーランを選んで入学しており、イリーナは複雑な家庭事情により家に居場所がなく入寮していると言った。

ララとオスカー姉弟はアーランの中心街で海鮮レストランを営む実家から通学しており、平民としては裕福な家庭だった。

アーラン州の領主を親に持つダニエル・ブロワー子爵令息は、馬車で通学している。

一つ年上の友人たちが何かと世話を焼いてくれるので、マリアンヌとオスカーは他の同級生たちよりも学院に馴染《なじ》むのが早かった。

もともと学ぶことが大好きなマリアンヌは、全ての授業を休むことなく楽しんだ。

勉強が苦手なオスカーを図書館に呼び出しては、個別指導をするのが日課となった。

2年生の成績トップ争いはダニエルとケニーで、2人とも自分の勉強になるからとマリアンヌが分からなかったところを理解するまで根気よく教えてくれた。

イリーナもケニーも、消灯時間ぎりぎりまで寮の勉強室に居座って毎日頑張っている。

マリアンヌも先輩2人と一緒に勉強するため、入学以来ずっと学年トップを守っている。

そんな生活が数年続いた頃、ララとオスカー姉弟の両親が、できの悪い息子がよい成績を残しているお礼だと言って、自身が経営する海鮮レストランに4人を招待してくれた。

ダニエルが出してくれた馬車に乗り込み、レストランに向かう。

オレンジジュースで乾杯し、新鮮な魚介類をたっぷり使った名物料理に目を輝かせる姿はまだまだ子供らしさで輝いている。

後期にある学院祭やダンスパーティー、学年末試験や各教科の先生の特徴などを話題にしながら楽しい時間を過ごした。

楽しく笑いながら、気心の知れた仲間ととった食事は、マリアンヌにとって忘れられない思い出となった。

(寮での食事も不満だったわけではないけれど、これはとても楽しいわ)とマリアンヌは思った。

まだまだ自分の知らないことがたくさんあるのだとあらためて感じたマリアンヌは、学院に入れてくれたリック・ルーランド伯爵に心の中で礼を言った。


「それで？　マリアンヌちゃんは入学の時も一人で来たのかい？」

オスカーの母親がデザートを配りながら聞いた。

「はい、一人で参りました。家には父と父が迎えた後妻、そしてご夫妻の間には子供が２人いますが、父は私の出生に疑問を持っておりまして、私はいない者のように扱われ、幽霊のように暮らしていました。ですから父の後妻はおそらく私の義母で、２人の子供はおそらく私の弟妹になると思うのですが、どういう届出をしているのか分かりません」

かなり重たい話を、マリアンヌはさらっと笑顔で言った。

全員の目が一瞬泳ぎ沈黙が流れたが、それを破るようにイリーナが口を開いた。

「それは大変だったわね。それでこの学院に入ったのね？　学費はご実家が？」

「ええ、卒業までの全ての経費は実家が負担すると聞いているわ」

「なるほど。あなたって家族に愛されてはいないけど、忘れられているわけではないのね」

「ええ、使用人たちはとてもよくしてくれましたし、特に不満はないかな？」

「そう？　それならよかったわね。私はそうじゃなかったもの」

全員の頭の上にはてなマークが浮かんだ。

不思議そうな顔をしているみんなの顔を見て、イリーナが笑いながら話し始める。

「そんな深刻な顔をしないで？　私は家族からも使用人からも愛されてなどいないし、覚えてももらっていなかったの。当然食事も用意はされなかったから、捨ててあったメイド服を拾って着ていたわ。メイド服で厨房《ちゅうぼう》に行けば、賄いの皿からいただいても怪しまれないでしょう？私は父の一番初めの奥さんの子なのだけれど、2人は喧嘩《けんか》別れしたのよ。2番目の奥さんとの子供が生まれてから、徐々に私の影は薄くなったの。その方とは死別されて3番目の奥さんが来たわ。その方との子供が生まれた頃には、私の存在など完全に忘れられていたの。だから入学が2年遅れたわ。といっても、そんな状況だったからなんの教育も受けていない状態でしょう？　入学前の2年間で最低必要な知識をできる限り詰め込んだの。だから2年遅れ」

「えっ？　お前って年上なの？」

マカロンを頬張りながら、ダニエルが聞いた。

「うん、そうなのよ。2番目の奥さんの子供が入学する時に、戸籍を取り寄せて思い出したみたいね。体裁が悪いからって遠く離れたこの学院に入ることになったの。でもラッキーだったわ。この仲間と一緒に勉強できるのだもの」

「ほんとポジティブな奴」

ケニーがボソッと言った。

「そうじゃなきゃ生きてこれなかったもの。でも私は学費を出してもらえないから、結構大変なのよ？　どうも2人分の学費しか用意していなかったらしくてね。ずっと同居していたのに、彼らにとっては先にいたはずの私が降って湧いたって感じ？」

「ああ、それで奨学金かぁ。でも、あれは学費だけでしょ？　寮費とかは？」

「全て私の借金よ。もちろん入学前の家庭教師の費用もね。まあ、少しは良心の呵責《かしゃく》があったのかしら？　保証人にはなってくれたから。ちなみに付けられた専属の侍女は、私が借金を踏み倒して逃げないようにする見張り役でもあるんだけど、彼女の給料も私が支払うのよ。だから、みんなも彼女に仕事を頼んでもいいからね？　でも彼女自身はとってもよい人だから、いじめたりはしないでね」

ララが独り言のように呟いた。

「貴族って大変なのね。平民だけど、うちの方がよっぽど幸せだわ。ねえ、オスカー？」

「うん。毎日美味しいものを食べて、姉ちゃんと学院に行って。みんなに分からないところを丁寧に教えてもらって、ゲームや球技もたくさん教えてもらえて。僕たちって幸せなんだね」

ケニーがオスカーの頭を撫でながら言う。

「与えられた幸せなら心ゆくまで享受すればいいんだ。いずれ、それを還元する立場になる。その時になったら、今まで受けた幸せを倍にして社会に返せる人間になれ。そうできるように今は勉強をするんだよ」

マリアンヌが頷《うなず》きながら言う。

「ケニーの言う通りだと思うわ。でも人って所詮一人でしょ？　孤独の中で生きるためには強い意志が必要だわ。勉強しなくてはいけないから勉強するっていうのでは挫《くじ》けるわよ」

ケニーが大きく頷いた。

「ああ、その通りだねマリアンヌ。オスカーも最終目的は早めに決めた方がいいだろう。その目的を達成するために段階を追って自分を高めていくんだ。そうなるためには、今何が自分に足りていないのかを常に考え、補うための努力をする。分かるか？」

オスカーはデザートフォークを握ったまま答えた。

「今何が足りていないのか……うん！　今の僕に足りていないのは甘いケーキかな」

一瞬の沈黙のあと、全員が爆笑した。

そんな会話を聞きながら、ララの両親は顔を見合わせた。

「これが今どきの子供ってやつかね。まだ10歳くらいだろ？」

「末恐ろしいねぇ」

２人は今どきの子供らの会話を邪魔しないように、せっせと甘いケーキを追加して回った。

イリーナが笑いながら言う。

「ケニーもなかなかの人生を送ってる感じよね」

「いや？　そうでもないさ。僕は親に売られた子なんだよ。商会を大きくするための頭脳としてね。だから僕にはそれ以外の道はないんだ。当然迷う必要もない。売られたって言ったらみんな同情するけれど、それは違う。売ってもらって大正解だ。だって学院にも入れたし、友達もできた。あのまま生みの親のところで育てられていたら、今ごろ僕は荒れた畑で掘り残しの芋《いも》を探して、いつも腹を空かせていただろうからね」

マリアンヌは、自分の境遇を明るく話すイリーナとケニーの話を興味深く聞いた。

使用人たちがとても可哀想な子供だと言っていたから、自分は不幸な境遇なのだと思っていたマリアンヌにとって、目から鱗《うろこ》が落ちるような経験だった。

「なんだ〜。私って不幸な部類だと思っていたけど、私程度は普通のことなのね」

「いや、十分不幸な生い立ちだが？」

ダニエルが困った顔でマリアンヌに言った。

また全員が笑った。

「そういうダニエルは？」

「俺はいたって普通の地方貴族の長男として育てられたよ。苦労というほどのものは経験していないかな。３人に比べたら俺はボンボン育ちだよ」

「だからダニエルは大らかなのね。明日からボンちゃんって呼んでいい？」

「いや、それはちょっと」

また全員が爆笑した。

仲間たちは、不幸は不幸で笑いのネタにして、幸福は幸福で共有して笑い合えた。

みんなそれぞれ事情があって、みんなそれぞれ頑張っているのだとマリアンヌは学んだ。

毎日が忙しく、歯を食いしばらなくてはいけないほど勉強も大変だった。

でもそれが本当に楽しく、マリアンヌは生まれて初めて人から必要とされ、人を必要とするという経験をしていくのだった。

◆◇◆◇◆

ある日の昼休み、図書館を覗いたオスカーは異様な光景を目にした。

「どけよ！　お前には関係ないだろう！」

「いいえ、どきません。女性に手を上げようとするなんて！」

マリアンヌは泣いて怯える女子生徒を自分の後ろに庇いながら、背の高い上級生を見上げるように睨みつけた。

「だから！　お前は関係ないだろ！　おい！　隠れていないでこっちに来い！　早く！」

男子生徒がマリアンヌの後ろに手を伸ばす。

マリアンヌは、その手から女子生徒を庇うように体をずらした。

「いかなる理由があろうと、暴力は看過できません！」

「まだ手は出してない！」

「出そうとしたでしょう！」

「うるさい！　全部こいつが悪いんだ！」

そもそも静謐《せいひつ》であるべき図書館が騒然としている。

泣いている女子生徒と庇っているマリアンヌ、その2人に詰め寄る男子生徒と、それらを取り囲むように輪になって野次馬を決め込む生徒たち。

オスカーは抱えていた本を投げ出して、上級生の教室に向かって走った。

駆け込んできたケニーとダニエルは、迷わず輪の中に飛び込む。

「何事ですか！　女子生徒が怯えているではないですか！」

ダニエルが男子生徒の前に立ちはだかった。

ケニーはマリアンヌと泣いている女子生徒を後ろに下がらせ、遅れてきたイリーナとララに預けてからダニエルの横に並んだ。

「お前たちには関係ないだろう？　お節介《せっかい》は止めて早くそいつをこちらに渡せ！」

「お節介かもしれませんが、泣いているじゃないですか。見て見ぬふりなどできませんよ」

「お前……ブロワー子爵のところの息子か？」

「そうですが、それが何か？」

「爵位はお前の家の方が上だが、ここは学院だ。身分は関係ないよな？」

「もちろんです」

「じゃあお前は、ただの下級生ってことだ。先輩の言うことを聞かないと後悔するぜ？」

「助けない後悔よりマシですよ。とにかく一旦《いったん》落ち着いて話し合いましょう、先輩」

「フン！　あの女が悪いんだ。俺が呼び出してるのに来なかったあの女がな！」

プッとケニーが吹き出した。

「なんだ？　お前、今笑ったのかぁ？」

ケニーが笑いをこらえながら一歩前に出た。

「だって先輩、女性を呼び出して来なかったってことは振られたってことですよね？　ご自分が振られたことをこんなに大勢の前で大きな声で公表するから……、プッ……すみません。笑ってないです。プププッ」

「お、お前！　俺が呼んでやったんだぞ！　来ない方がおかしいんだ」

「そうなんですか？　ああ、確かに先輩は見た目もいいしモテそうですもんね」

ケニーが蔑《さげす》んだような目で穏やかに言う。

「何が言いたい！　俺は振られてなんかいないぞ！」

その言葉に反応したのはマリアンヌだった。

「そうですよね？　来なかっただけですよね？　何か理由があったのかもしれないですよね？　なのに、なぜいきなり手を上げようとされたのでしょう？」

「うるさい！」

「あっ、声が大きかったですか？　ごめんなさい。もう少し小声で話しますね」

マリアンヌは至って真面目《まじめ》に返答したが、ダニエルとケニーのツボに入ってしまった。

2人は笑いをこらえるのに必死で、先ほどまでの殺気だった雰囲気は消え失せている。

「笑うな！」

「「すみません、先輩……ぷぷぷ……あははは！」」

「ふざけるなよ！　後輩のくせに大きな顔をするな！」

マリアンヌが不思議そうな顔でボソッと小声で言う。

「ダニエルもケニーも小顔な方だと思うけど」

「ああ？　なんて言った？　おいお前！　今なんて言ったんだ！」

「あら、今度は聞こえませんでしたか。声の大きさって調整が難しいですわね」

取り囲んでいた生徒たちも笑い出した。

凄《すご》んでいた男子生徒は完全に勢いを失っている。

その様子を、小首を傾《かし》げながら見ているマリアンヌ。

笑いながらも、さりげなく自分の後ろにマリアンヌを隠すケニー。

クスクス笑う周りに気付いた男子生徒の顔が焦りに変わり、お決まりの捨て台詞《ぜりふ》を残して駆け去って行く。

「まあいい。覚えておけよ、お前たち！」

その後ろ姿にひらひらとハンカチを振って見送ったイリーナが、マリアンヌに向き直って言った。

「マリアンヌ。あなたの行動は一考の余地ありよ？　今夜、夕食のあとにでも話し合いましょう」

ケニーがマリアンヌの肩に優しく手を置いた。

「さあ、そろそろ授業が始まるよ」

授業開始の予備鈴が鳴って生徒たちが移動を始め、ダニエルとララが泣いていた女子生徒を医務室に送って行った。


夕食のあとの談話室で、マリアンヌとイリーナがテーブルを挟んで座る。

ケニーが食堂から紅茶を運んできて、マリアンヌの横に座った。

「イリーナ、そしてケニー。今日は私が慌てた行動をしたために迷惑をかけてしまったわ。ごめんなさいね。ダニエルにもララにもオスカーにも明日は謝らなくちゃ」

「迷惑だなんて思ってもいないわよ？」

「そうだよ、マリアンヌ。君は迷惑なんてかけていない。でもね、イリーナの言うこともちゃんと聞いた方がいいとは思うよ」

「そうね、イリーナ。よろしくお願いします」

「マリアンヌは素直よね。あんな幼少期を送ったのに本当に曲がってないわ。私なんて曲がりすぎて一周回ったわよ」

ケニーがなぜかコクコクと何度も頷いていている。

それを横目で見ながらイリーナが続けた。

「今日のことだけど、あなたがやったことは間違ってはいないわ。間違ってはいないけれど、最良の策ではないと思うの」

「最良の策？」

「そうよ。他にもやりようがあったでしょう？　あなたには分かるはずだわ」

「そうよね……。でも泣いておびえる女の子が、強そうな男の子に殴《なぐ》られそうになっているのを見てしまって。咄嗟《とっさ》に間に割り込んでしまったの。でも結果的には自分で解決できなかったし、ケニーやダニエルに体を張らせてしまったわ。自分の起こした行動で、とても大切な人たちに危険を冒させてしまったのよね」

「そうね。それは結果論だから、ここでは置いておきましょう。私が言っているのは、あなたがあの男の発する怒気に真っ向から立ち向かったということよ」

「怒気に立ち向かう？」

「そう、彼は怒っていたのよね？　女性に手を上げるほど興奮していたのよね？」

「そう見えたわ」

「あの時のあなたって、知り合いでもない彼女の代わりに殴られてもいいって思ったのではない？」

「そう言われると……そうかもしれない」

ずっと黙って聞いていたケニーが助け舟を出した。

「別の衝撃を投入して、気を削ぐ。そして論点をすり替える」

マリアンヌがハッと顔を上げた。

「彼女の側で私が大声で悲鳴を上げればよかったのね？」

ケニーは否定も肯定もせずニコッと笑った。

「私が間に入らなくても、彼らの怒気を逸らすことはできたのだわ」

「そうね、放たれた悪意を真っ向から受けて立つ必要はないわね。そのうえで、睨み返すのではなく受け流すのよ。ちょっと難しいかな……。でも、最後くらいにはできていたわよ？」

マリアンヌは胸の前で手を組んで考え込んだ。

ケニーは黙ったまま2人のカップに熱い紅茶を注いだ。

「受け流す……」

マリアンヌが独り言のように言った。

イリーナが穏やかに続ける。

「もう一度言うわね。あなたのやったことは絶対に間違ってはいないの。困っている人を助けるのは困っていない人間の義務だわ。でもね、それはあくまでも援助なの。でもあの時、ダニエルもケニーもあなたの前に立ちはだかった。それは窮地に立っているのが、他でもないあなただったからなのよ」

　ケニーはイリーナの顔を見て肩を竦めた。もちろんイリーナだったとしてもララだったとしても同じことをするよ？」

「そうだね、マリアンヌだからだ。もちろんイリーナだったとしてもララだったとしても同じことをするよ？」

「そうなのね、ありがとうケニー。私の代わりになろうとしてくれて。危険な目にあわせたのは私ね。ごめんね、そしてありがとうケニー」

「いや？　マリアンヌのためなら命さえ投げ出すくらいの気持ちはあるよ。もっと言えば、僕らに頼ることを恐れて君が一人で傷つく方が怖いな」

「どうしてそんなに優しいの？」

「君は僕の友達じゃないか」

「友達って命を投げ出してもいいって思うような存在なの？」

「そうだよ、僕にとっての友達とはそういう存在だ。だから僕には友達が極端に少ない。でもね、僕に言わせるならそんな存在が5人もいるんだぜ？　すごいことだ」

「よくおしゃべりしたりランチを一緒にしている方たちは、お友達ではないの？」

「う～ん。彼らは単なる同級生、もしくはただの知り合いだ。でも無駄な軋轢《あつれき》はない方が生きやすいだろう？　だから上手く付き合ってるって感じで、僕の定義で言う友達ではないよ。彼らが本当に困って助けを求めるなら援助はするけれど、それは人道的立場としてだ」

「そうよね……。毎日一緒に授業を受けて楽しくおしゃべりする人はたくさんいるけど、あの人たちの代わりに命を差し出すかと言われると……違うわね」

しばしの間、3人は黙って紅茶を飲んだ。

小さな音を立ててカップを置いたマリアンヌが、イリーナの顔を見て言った。

「自分の身は自分で守るのね？　今の自分では守りきれないような渦に身を投じるべきではないし、もっと大きな渦に関わりたいなら、まずそれに見合うほどの自分になっているべきなのよね？　自分を守るのも高めるのも自分……。自分を守ることは大切な人を守ることでもあるのね」

「そうよ、マリアンヌ。常に自分の身の丈《たけ》を把握すべきなのよ」

「学院に来る前に、家庭教師の先生に言われたことがあるの。真の自立を手に入れろと。その時には理解しきれなかったけれど、そういう意味なのね」

ケニーが驚いた顔で言った。

「素晴らしい先生に教わっていたんだね。しかも入学前って7歳くらいだろ？　めちゃくちゃ人生の真理を説いてるじゃないか……。すごいなぁ、その先生」

「ええ、素晴らしい先生だったわ。先生はいつもおっしゃってたの。常に一番大切なものは何かを考えて決めていなさいって。一番大切なものとそれ以外っていう割り切った考え方を身に付ければ、咄嗟に判断しなくてはいけない時でも間違えないからっておっしゃってたわ」

「なるほど。今後の人生の指針とさせていただきたいほど素晴らしい教えだね。優先順位を決めておけということだ。それにしても君の行動を見ていると、君の優先順位の第一位は自分の命という感じではなさそうだね」

「実は……まだ決め切れていないの。自分の命を投げ出しても守りたいものがあるような気もするけど、具体的に何かと問われると答えられない。命を守るためならなんでも差し出せるかと問われても、違うような気がする……。分からないのよ」

再び流れた穏やかな沈黙のあと、イリーナが口を開いた。

「決めることが大切なのではなくて、常にその答えを考え続けることが重要なのかもしれないわ。だってその時の立場や状況によって変化するでしょう？　それに一度決めたからと言って、頑《かたく》なに守ろうとするのも違うと思うわ」

ケニーが、マリアンヌの頬にかかった髪を耳にかけてやりながら言った。

「さすがイリーナだね。僕もそう思うよ。流動的でいいんじゃないかな。まあ日に何度も変わるっていうのは間違っていると思うけどね。なんでもかんでも抱え込むのは雁字搦《がんじがら》めになるだけで、本当に大切なものを見失ってしまうよって教えてくださったんじゃないかな？」

「うん。なるほど……。どうも私の思考は柔軟性に欠けるわね。誰かに守れと言われたら、盲目的に従ってしまう性格なのかもしれないわ。それって、とても危険なことだって分かっているのに……」

ケニーはクスッと笑って、カップに手を伸ばした。

幕間　ケニーのモノローグ

イリーナが、新しい紅茶をケニーのカップに注ぎ足しながら言った。

「マリアンヌが一歩成長したってことで、今日はもう寝ない？」

「ああ、そうだね。ゆっくり休むのも大事なことだ。ああ、カップは僕が片づけておくから、2人はもう部屋に戻りなよ。これを飲んだら僕も引き上げるから」

「そう？　じゃあお願いするわね。おやすみなさい、ケニー」

イリーナが立ち上がった。

マリアンヌも慌てて残っていた紅茶を喉に流し込んだ。

「おやすみさい、ケニー。今日は本当にありがとうね。あなたの友達で本当に幸せだわ」

「ああ、僕も幸せだよ。マリアンヌ、よい夢を」

肩を並べて談話室を出る2人を見送りながら、ケニーはふと生まれ故郷のことを思い出した。

果てしないほど続く荒れた大地を染めるレンゲ草。

あっちの方がたくさん咲いていると思って走っても、着いてみたら全然少なかった。

ふと目線を上げると、向こうは、ここよりずっとたくさん咲いているように見えてまた走る。

息を切らして辿《たど》り着いたら、結果は同じで驚いてきょろきょろと周りを見回した。

諦めて振り返ると、さっきまでいた場所の方がここよりたくさん咲いているように見えて、悔しい気持ちで呆然《ぼうぜん》と立ちすくむしかなかった無力な自分。

そんなある日、いきなり家にやってきた金持ちそうな男に、いくつかの質問をされて懸命に考えて答えるケニーの後ろで揉《も》み手をしていた両親。

ニヤッと笑ってケニーの頭を優しく撫でたその男の手は、想像していたよりずっと固くてゴツゴツしていた。

じゃらっと音を立てた革袋を両親に渡して、その男はケニーをそのまま馬車に乗せた。

それからは生きるのがつらくなるほどの厳しい勉強と躾《しつけ》に追われ、ケニーを満面の笑みで見送った両親のことなど考える暇なんてなかった。

そんな日々の中で、ふと思い出すのは風に揺れていたあのレンゲ草だった。

「きっと僕はまだレンゲ草を追っているんだろうね。今日より明日の方が輝くはずだと信じて、必死で走り続けているんだもの。マリアンヌ、僕は君に追いつける日が来るのだろうか」

フッと一つため息を吐いて、３人分のカップを乗せたトレイを持ったケニーは、イリーナとマリアンヌが去ったドアを静かに見つめてから、ゆっくりと部屋を出た。

◆◇◆◇◆

ルーランド伯爵家で息を殺すように暮らしていた頃には想像もできなかったようなきらきらした日々は、あっというまに過ぎていった。

イリーナとララ、ダニエルとケニーが卒業する日、マリアンヌは生まれて初めて別れのつらさに号泣した。

「マリアンヌ、あと1年だ。言い換えると、勉強だけしていれば暮らしていける最後の1年だ。思う存分楽しむんだよ」

ケニーが泣きじゃくるマリアンヌを抱きしめながら、明るい声で言った。

「うん。頑張る。もう会えないわけじゃないよね？　また会えるよね？」

「もちろんだよ、マリアンヌ。君が思ってるよりすぐに会えるさ。だからもう泣かないで？」

「ケニー……」

イリーナがケニーから奪い取るように、マリアンヌを抱きしめる。

「マリアンヌ。私はあなたを生涯の友として、一生大切にすることを誓うわ」

「ありがとう、イリーナ。私もあなたを友として姉として信じ続けることを誓うわ」

目を真っ赤にしたオスカーの肩を抱きながら、ダニエルとララもやってきた。

「私たちはずっとこの街にいるから、いつでも会えるわ。マリアンヌ、私たちのことをもっと頼ってちょうだいね」

「ありがとう、２人とも。私は幸せ者だわ。お兄様が２人とお姉様が２人、そして弟が１人いるのね。大家族だわ」

「え？　なぜ僕は弟枠なの？」

しゃくりあげながらそう言ったオスカーに、全員が声を出して笑う。


翌朝、ケニーはみんなに見送られながら帰郷のために馬車に乗った。

帰るべき街までは、王都を経て１週間という長い道のりだ。

10年という年月を過去として浄化するために、ケニーは目を閉じて回想を始めた。


僕がマリアンヌを初めて見たのは、彼女が入寮してきた日だった。

大きな荷物を抱えた従者の後ろを、重たそうな鞄を両手で抱えて歩く少女を見た瞬間、僕の心に経験したことのない何かが生まれたのだった。

南国の民族衣装に使われる繊細な銀糸のような少女の髪が風に揺れると、僕の心も揺れた。

そんな僕の姿に、同じ寮生であり友人であるイリーナが言ったんだ。

「私が話しかけてみるわ」

「えっ！」

「だって、あなたがいきなり声をかけても警戒されるでしょ？」

「それはそうだけど……」

「私も気になるの。ほら、あの子の雰囲気ってすごくない？」

「やっぱり君もそう思う？」

「ええ、ぜひ友達になりたいタイプだわ」

「なんと言うか……ざわつくね」

「そうね、ざわつくわね。こんなこと初めてよ」

「僕もだ。まさか僕が他人に興味を持つなんて、自分でも驚いたよ」

「かわいいし？」

「ああ、かわいいね」

「否定しないのね」

「否定する必要が？」

イリーナが僕の顔を見て笑った。

「安心したわ」

「何が？」

「あなたにも心があったんだなって」

「ははは！　ずいぶんな言い方だけど、完全に同意するよ」

穏やかな笑顔を浮かべ、よろよろと寮に近づいてくる少女に視線を戻した僕を見ながら、彼女こそ僕の心を解きほぐす存在に成り得ると感じたのだと、イリーナが明かしてくれたのはつい最近のことだ。

「もしそうなら嬉しいのだけれど」

イリーナは小さく呟いて席を立ったらしいけれど、その声は僕には届かなかったんだ。

今思えば、そのイリーナの思いは正しくなかった。

だって、その日から僕の心はマリアンヌにかき回されていたんだから。

いや、でも正しかったのかな？

彼女が無意識に僕の心を揺さぶる度に、僕は人としての心を取り戻したのかもしれない。

もちろん、彼女に対する恋愛感情は否定しない。

でも僕にとってそれよりも重要なことは、マリアンヌという人間に対する興味だった。

同年代の中ではずば抜けて大人びた心を持っているのに、純粋さを失っていない。

己に対してはあり得ないほど厳しいのに、他者に対しては信じられないくらい寛容だ。

弱者を弱者として尊重することは、とても難しい。

僕も含めて一般的な人間は、弱い者に対して強くなることを望んでしまうものだ。

強くなる方法を一緒に考えたり、手助けをすることで寄り添ったような気分になって自己満足で終わってしまう。

しかし、マリアンヌは違う。

弱いことを否定せず、それをオリジナリティーとして受け入れるんだ。

だから今まで誰にも見せたことがないありのままの僕さえも、認めてくれるかもしれないと淡い期待を抱いてしまうんだろうな。

そんなマリアンヌのことを、もしかしたら天使なんじゃないかと真剣に考えたことがある。

それを口にした時、ダニエルは同意してくれたけど、イリーナとララの目はものすごく生ぬるかったな。

でも僕はかなり本気でそう思っていたから、生半可《なまはんか》な気持ちで手を差し出すなんて、烏滸がましいにもほどがあると思っていた。

だから僕は、マリアンヌを観察し続けることにしたんだ。

僕は、彼女のような人間になりたかったんだと思う。

今この時も、僕はマリアンヌという稀有《けう》な存在を探求したいという欲求に駆られている。

自分にさえ無関心な僕が、生まれて初めて興味を持った人間が君なんだよ、マリアンヌ。

君はどんな時に声を出して笑うの？　どんな時に怒るの？　君の悩みは何？

君は何が好き？　君が欲しいと思うものは？　君が失いたくないものは何？

マリアンヌという人間は、知れば知るほど興味が湧いた。

まるであの日の、レンゲ草のような人だ。

追いかけても追いかけても、追いつけない。

それでもようやく少しだけ、マリアンヌが心を動かすポイントが分かってきた。

マリアンヌの好きなものは、角砂糖を３つ入れたミルクティー。

実は猫舌。

クリームパイとチーズケーキとシナモンクッキー。

そして何より図書室と本屋。

マリアンヌの嫌いなものは、努力をしない奴。

命を粗末に考える奴。

他者を蔑《ないがし》ろにする奴。

レバーとニンジン。

苦手なことは、自己主張と保身。

そして、マリアンヌの本質は限りなく孤独だ。

幸せになろうとは思っているようだが、幸せにしてもらおうとは思っていない。

だからどんなに親しい間柄になっても、踏み込むことができない領域を持っているんだ。

それは彼女という人間を形成しているコアのようなものだろう。

マリアンヌ研究の第一人者を自負する僕の推論だが、そのコアの正体はおそらく自己愛だ。

なぜ君は自分を愛することに罪悪感を持っているんだ？

自分を愛するという誰でも持っている当たり前の感情に、とても頑丈な鍵をかけて心の奥底に沈めてしまったのは、なぜ？

たった10年程度で理解できるほどマリアンヌは薄っぺらな人ではないし、僕にできることはあまりにも少ないけれど、君を諦めるつもりは一切ない。

僕はマリアンヌに一生寄り添える人間でありたいんだ。

そして僕は自分が死ぬまでには、その頑丈な鍵を開けたいと思っているよ。

もしも僕以外の人間が開けたとしても、そのことを君と一緒に喜べるくらいの度量は持っているつもりだけれど、できれば僕が開けたいな。

何をどれくらい頑張れば、僕はその権利を手にすることができるのだろうか。

「マリアンヌ……負けるなよ」

ケニーは一人きりの馬車の中で小さく声に出して呟いた。

4章　マリアンヌの結婚生活

ケニーを乗せた馬車が小さくなるまで見送ったマリアンヌの手には、ケニーから最後に渡された手紙が握られている。

寮に帰って早速読み始めるマリアンヌの顔には、大きな笑顔が浮かんだ。

「ケニーらしいわ。でも本当にありがとう。最後まで心配してくれて」

その手紙には最終学年で習得しておくべき項目が、びっしりと書かれていた。

マリアンヌはその手紙をバイブルとして、寝る間も惜しんで勉学に励んでいく。

そうしてマリアンヌの学院生活最後の1年はあっという間に過ぎた。

マリアンヌは卒業試験でも1位をとり、総合成績を評価され学年代表として答辞を述べた。

卒業式に来てくれたのは、去年卒業した仲間の4人と執事長のベンジャミンだ。

ベンジャミンは立派に答辞を読むマリアンヌの姿を見て泣いていた。

そんなベンジャミンにマリアンヌは満面の笑みで応え、あらためてずっと見守ってくれたことに対する感謝の言葉を心の中で呟いた。

卒業式のあと、マリアンヌは思いがけないほどたくさんの手紙や花束を渡されて驚いていた。

その姿を見ながら、イリーナとララがにやにや笑いながら話している。

「相変わらずモテるわね」

「でも本人が気付いていないのだから、どうしようもないわよね」

「あそこまで華麗にスルーされるとねぇ」

「今までもらったラブレターも完全に誤解してたわよね？」

「うん、誤字脱字を添削して返してたものねぇ……」

その日の夜、６人揃《そろ》ってララとオスカーの実家である海鮮レストランに向かった。

「ご苦労だったね。みんな本当によく頑張ったよ。これは私たちからのプレゼントだ」

オスカーの父親がテーブルの真ん中に、豪華に盛り付けられた大皿を置いた。

「すごいな……」

ダニエルが驚きの声を上げた。

「こっちは僕が作ったんだ。食べてみてね」

オスカーが自慢そうに別の皿を運んできた。

ケニーが嬉しそうにオスカーに言った。

「すごいなオスカー。君は自慢の弟だ。これからも頑張れよ？　応援しているからな」

「うん、ありがとう。みんなに教わったことを忘れないように頑張るよ」

オスカーの母親が不思議そうな顔で聞いた。

「何を教わったんだい？」

「頼ることと依存することは似て非なるものだと教わったよ。何かを為《な》すためには、まず自分で最大限の努力をする。そして他者に意見を求めることを恐れない。初めから人に頼るのは、ただの依存だ。依存する心に成長はないよ」

「オスカー……。いつの間にそんな難しい言葉を使うようになったのかねぇ」

母親が涙ぐみながら何度も頭を下げた。

「お母さん、オスカーはすごいですよ。ねえ？　マリアンヌ」

イリーナがマリアンヌに話を振る。

「そうです。オスカーは早い段階で料理の道に進むことを決めていました。それに何より料理をすることが楽しいって言ってました。でもどの教科も疎《おろそ》かにせず、全力で取り組んでいましたよ。私はオスカーを尊敬しています」

その言葉に父親とララは号泣した。

ダニエルがもらい泣きをしながら口を開いた。

「マリアンヌ、明日からのことを考えると君のことが一番心配だよ。絶対に負けるんじゃないぞ？　手紙もくれよ？　ララもオスカーも同じ気持ちだからな」

「そうよ、マリアンヌ。あなたは私の自慢の妹なんだからね？　絶対に幸せを掴むのよ」

「もし実家の居心地が悪かったら、私のところにいらっしゃい。一人暮らしだし、部屋も空いているから、いつでも歓迎よ」

イリーナもニコニコしながら続けた。

「うん、ありがとう。もし家に入れてもらえなかったらイリーナを頼るね」

「おいおい、頼るなら僕を一番に思い出してくれよ！」

ケニーが慌てて言う。

「ええ、ありがとうケニー。頼りになる友達がたくさんいて私は幸せ者だわ」

そうしてマリアンヌは学生生活を終えた。


生まれて初めて生きていることが楽しいと実感できた学院生活に別れを告げたマリアンヌは、みんなに見送られてベンジャミンと共に馬車に乗り込んだ。

イリーナとケニーもそれぞれ馬車に乗り、この地に残る3人に見送られた。

疲れているだろうから少し眠った方がいいという執事長の言葉に、笑顔で頷いたマリアンヌは窓の外に目を向ける。

10年もこの街で暮らしていたのに初めて見る景色だと思いながら、マリアンヌは輝いていた日々に思いを馳《は》せた。

イリーナ。あなたが全ての始まりだったわ。どんなに感謝してもしきれないほどね。もしあなたに声をかけてもらえなかったら、私の学院生活は寂しいものだったと思うわ。

ケニー。あなたは私の羅針盤よ。あなたの全てが眩《まぶ》しかったし美しかったし憧れだった。私はあなたのような人になりたいと、ずっと思って努力してきたのよ。

ダニエル。強くて優しい人。寡黙《かもく》なあなたは言葉より行動で導いてくれたわ。たくさん助けてもらったし、たくさん守ってもらったわ。あなたみたいなお兄様が欲しかったわ。

ララ。あなたの明るさに何度救ってもらったか。私を包み込むような笑顔を忘れない。私もあんな笑顔ができるようになりたいわ。今度会う時までには練習しておくわね。

オスカー。いつの間にか背だけじゃなく、心の強さも私を追い抜いたかわいい弟。お互い頑張りましょうね。いつか必ずあなたの作った料理を食べにお店に行くわ。

一人ずつ顔を思い浮かべながら、彼らとの数えきれないほどの思い出を辿る。

ふと見ると、平原が薄紫に染まっていた。

「あら、レンゲ草だわ。綺麗な色……。ケニーの瞳の色と同じね」

マリアンヌは誰にともなくそう呟いて、ゆっくりと目を閉じた。

空がうっすらオレンジ色になる頃、いつの間にか眠っていたマリアンヌは、馬車の揺れで目を開けた。

ベンジャミンが、起きたばかりで少しぼうっとしているマリアンヌに声をかける。

「お嬢様、大変よく頑張られましたね。私は鼻が高いですよ」

その声に、あらためて学生生活が終わったことを実感したマリアンヌは笑顔で応えた。

「ありがとう、ベンジャミン。あなたのお陰で本当に楽しい10年間だったわ」

「お嬢様も17歳ですか。卒業もそうですが、成人となられたこと、お慶び申し上げます」

「成人って言われてもピンとこないわね。そう言えば10年間一度も帰らなかったけど、伯爵様ご一家にお変わりはなくて？」

「はい、上の坊ちゃまは貴族学園の最終学年に進まれましたよ。同じ学園にお嬢様も通っておられます」

「そう、順調なら何よりね。ところで私は、このままあのお屋敷に帰ることになるのかしら？」

「はい、ご主人様よりそのようにご指示がございました」

「どうせ部屋もないのでしょう？」

「お嬢様……。ご想像の通りでございます。当分の間は客間をお使いください」

「それは想定内よ。でも分からないのは、私を帰らせて何をするつもりなのか……伯爵様は何をお考えなのかしらね？」

「それは伯爵様ご自身からご説明がございます。私の口からは……」

ベンジャミンが暗い顔で目を伏せた。

「伯爵様が直接？　私にお会いになるの？　今まで生きてきた中で一番びっくりだわ」

マリアンヌは帰ってても拒否されるか、よくても借家住まいだろうと思っていた。

それが屋敷に戻されるうえに、伯爵と会うという事実にマリアンヌは戸惑った。

伯爵家に着くと、メイドたちが迎えてくれた。

よい思い出はほとんどない屋敷だが、あの頃より少し寂《さび》れた感じがするとマリアンヌは感じた。

顔馴染みの使用人も数人残っており、その者たちは涙ぐんで再会を喜んでくれた。

屋敷に入ってすぐに客間に案内されたマリアンヌは、湯あみの準備を頼んだ。

客間から見る景色は自室だった場所から見ていたものとは、全く趣《おもむき》が違う。

あの頃毎日眺めていた裏庭の自然林も好きだったが、客間の窓から見えるのは、街に続くまっすぐな道で、その先にある山々の美しさは息を呑むほどだった。

「お母様はこの景色に何をお感じになっていたのかしら……」

幼い頃、偶然開いていたドアの隙間から盗み見た母の後ろ姿を、ぼんやりと思い出していたマリアンヌにメイドが声をかけた。

「マリアンヌお嬢様、伯爵様がお呼びです」

「すぐに伺《うかが》うわ」

卒業記念にイリーナとララからプレゼントされたワンピースに着替え、メイドに案内されて伯爵の執務室に向かう。

「伯爵様の執務室には生まれて初めて入るわ」

「左様でございますか。あの頃と何も変わってはいませんよ」

「そうなの？　まあ初めてだから違いも分からないけれど」

メイドが扉をノックすると、中から入室許可の声がした。

扉を開き、マリアンヌは静かに入室する。

「遅くなって申し訳ございません。また、到着のご挨拶《あいさつ》が後回しになり失礼いたしました」

リック・ルーランド伯爵は、初めてまともに見たマリアンヌを不思議そうに眺めた。

「息災《そくさい》のようだな」

「はい、お陰様で」

「卒業生代表を務めたらしいな」

「はい、答辞を読ませていただきました」

「そうか」

しばらくの沈黙のあと、リックが業務連絡のように話し始めた。

「お前は結婚する。少し複雑な条件だったが問題ないと判断した」

「結婚？　ですか？」

「そうだ。伯爵家の娘として侯爵家に嫁げるのだ。喜ぶべきだろう」

「あ……、ありがとう……ございます？」

「うむ……。出発は明日だ。身一つで来ればよいとのことだから問題ない」

「……明日でございますか」

「不満があるか？」

「あっ……。いいえ、ございません」

「条件というのは大きく2つだ。私が了承したから、お前に拒否権はない」

「はい？」

「侯爵には大切な女性が既におられる。お前はお飾りの妻ということだ」

「はあ……。侯爵様ですか」

「そしてお前は、正妻として言われたことだけすればいい。内政管理か領地経営だろうな」

「まあ！」

「分かったら下がれ。明日には家族が領地から帰ってくる。早朝には出ていくんだ。私の家族と顔を合わせることは許さない」

「畏まりました」

「二度と会うこともあるまい。もしもあちらと離縁となっても、この家に戻ることは考えるな。戻るくらいなら死を選べ」

「承知いたしました」

「話は終わりだ。さっさと出ていけ」

「あの……伯爵様。最後にご挨拶をさせていただいてよろしいでしょうか」

「早くしろ」

「どうぞ、ご家族の皆様とお幸せにお暮らしください。学院に行かせていただけたことにお礼を申し上げます」

「…………早く行け」

リックはマリアンヌの顔を見ることなく背を向けた。

マリアンヌは心の中にドロッとした感情が湧くのを感じたが、何も言わなかった。

扉の前で精いっぱいのカーテシーをするマリアンヌ。

しかしリックがそれを見ることはない。

マリアンヌは静かに部屋を出た。

「荷ほどきをしていなくてよかったわ。それにしてもウェディングドレスって着なくていいのかしら？　私は制服かワンピースしか持っていないのだけれど？」

伯爵との初めての会話に疲れてベッドに転がっていたら、ドアが静かにノックされた。

「どうぞ」

ベンジャミンが入ってくるなり跪《ひざまず》く。

「どうしたの？　ベンジャミン」

「お嬢様……。ご主人様を止めることができなかった私をお許しください」

「ああ、そのことなら気にしないで。まさか今日の明日とは思わなかったけれど、問題ないわ。いっそ清々《すがすが》しいほどのお言葉をいただいたしね。それよりこの結婚の経緯を教えてくれる？」

ベンジャミンはゆっくりと話し始めた。

ルーランド家の領地で蝗害《こうがい》が発生し、資金繰りに困っていること。

2人の子供の学費にも困り、金策に走っていた時にこの結婚話を持ちかけられたこと。

条件を呑むなら多額の結納金が支払われること、などなど。

「そういうことなら、伯爵様は飛びつくわね。お飾り妻も白い結婚も問題ないし。領地経営と内政管理を任せていただけるように頑張らなくては」

「その大切な方というのが、貴族籍をお持ちでない方で、家庭教師を付けてマナーやダンスは身に付けられたそうですが、侯爵夫人としての管理業務は全くダメとのことでした」

「社交はしておられるのね？　では社交界では公認の恋人ってことなの？」

「そのようです。むしろ伯爵以上は貴族としか結婚できないという法律に縛られたお２人に同情的だとか」

「ああ、あれは悪法よね。では私は社交の必要もない……。素晴らしい条件だわ」

「お嬢様？」

「だって私は卒業したら一から商会を立ち上げるつもりだったのよ？　それが既にできたものを運営できるなんて！　初期費用が不要だなんて本当にありがたいわ」

ベンジャミンは全く想像していなかったマリアンヌの反応に唖然《あぜん》とした。

「そもそも私は結婚する気はなかったの。だってどんなに愛し合っていても壊れることもあるでしょう？　壊さないために自分を抑え続けるなど、愚の骨頂だわ。そうは思わない？」

どう慰めようかと考えていたベンジャミンは、予想外に喜ぶマリアンヌの姿に戸惑った。

「お嬢様が納得されるのでしたら問題ありませんが……でも絶対に無理はしないでくださいね。もしダメなら連絡してください」

「そうね、どんな方かも分からないし。ところでベンジャミン。お相手のお名前は？」

「それさえもですか……。ルドルフ・ワンド侯爵様です。26歳と伺っております」

「あら、9歳も年上なのね。その恋人様は？　まあ私には関係ないけれど」

「リリベルというお名前で、確か25歳だと聞いております」

「なるほど25歳かぁ。子供が欲しいならそろそろよね」

「お嬢様、ワンド侯爵からはリリベル様と上手に付き合うようにと念を押されております」

「問題ないわ。そもそも関わる気はないのだけれど、そうもいかないのかしら？」

「いじめたり嫉妬をすることのないようにとのことでした」

「嫉妬？　その侯爵様って恋愛小説の読みすぎね。あり得ないわ。それで？　リリベル様だったかしら。ご納得なの？」

「はい、そのように伺っております。なるべく早くお子を成されて、マリアンヌ様との子として侯爵様が届けられるのではないかと思います」

「ああ、偽装出産ね。なんの問題もないわ。それで侯爵様のお屋敷はどこなの？」

「社交シーズンは王都のタウンハウスにご滞在ですが、ご領地は南のベラールだそうです」

「ベラール！　ケニーのところじゃない！　ますます気に入ったわ！」

マリアンヌは小躍りして喜んだ。

翌朝早くに屋敷を出たマリアンヌは、既製品のドレスを一着だけ買った。

店の中で着替えさせてもらい、再び馬車に乗って嫁ぎ先に向かう。

付き添いはベンジャミンのみ。

「学院に行く時より見送りが寂しかったわね」

荷解きする間もなかったトランクに寄りかかりながら、マリアンヌが言った。

向かい側に座ったベンジャミンが寂しそうな顔をした。

「ずいぶん使用人も減らされましたからね」

「それほど苦しいの？」

「はい。人身売買のような結婚をお嬢様にさせてしまうほどですから」

「それは別ね。ものすごく裕福だったとしても、私はどこかに売られていたでしょうから」

「まあ、否定はできません」

「それにしてもそんな状況で、よく私の学費を出してくれたわね」

「ああ、それなら入学の時に全額一括払いしたからですよ。万が一お心変わりされることも考慮すべきと判断いたしました」

「それにしても一括払いなんて……、よく伯爵様がお許しになったわね」

「ご主人様は経理があまりお得意ではありませんし、説明してもお嬢様のことに関しては任せるの一言でしたから。奥様も内政のことなど、全く興味を持たれません」

「とっても納得できたわ。それにしても経理経営が得意でないのに、よく今まで続いたものね」

「それはハンナ様のお陰です。ハンナ様は領地経営に飛び抜けたセンスをお持ちでしたから。その遺産を食いつぶしながらの10年でした。まあ蝗害がとどめを刺しましたが、あのままでは時間の問題でした」

「そうなの……。伯爵様もご家族もこれから大変ね」

「そうですな」

「まあ仲のいいご家族なのでしょう？　きっと伯爵がなんとかなさるでしょう」

「お嬢様もご苦労が絶えませんな」

「そうかしら？　学院には私より、もっと過酷な状況の方がおられたわよ」

「世知辛い世の中です」

馬車がワンド侯爵のタウンハウスに到着した。

到着と同時に玄関が開き、見目麗《みめうるわ》しい男性が駆け寄ってくる。

「やあ！　君がマリアンヌ・ルーランド伯爵令嬢だね？　思っていたよりずっと美しいじゃないか。君の銀色の髪は神様からの贈り物だね。私の妻が美人で嬉しいよ」

「初めてお目にかかります。マリアンヌ・ルーランドと申します。私の髪色が神様からの贈り物かどうかは存じませんが、お気に召したのでしたら何よりでございますわ」

「うん。とっても気に入ったよ。さあ、我がワンド侯爵家を案内しよう」

父親と同じ黒曜石の髪と瞳を持つルドルフ・ワンド侯爵の予想外の歓迎に、マリアンヌは苦笑いをした。

後ろ髪を引かれるように帰っていくベンジャミンに手を振り、マリアンヌは屋敷に入る。

ルドルフはスマートな仕草でマリアンヌをエスコートして応接間に向かった。

実家の伯爵家では、お目にかかったことのないような高級感溢れる調度品。

上質で上品なカーテンと壁紙。

靴底が埋もれるほどの絨毯《じゅうたん》。

全てがワンド侯爵家の財力を知らしめていた。

浅く座らないとマリアンヌの体を呑み込んでしまいそうなほどふかふかのソファーに座ると、コトリとも音を立てずに香り高い紅茶が差し出された。

「疲れただろう？　さあ紅茶を召し上がれ。お砂糖はいくつかな？」

「お砂糖は……、大丈夫です。まあ！　素晴らしい香りですのね。なんという銘柄でしょう」

「ああ、これは我が領地の紅茶なんだ。品種は……なんと言ったかな？　あとで担当者に聞いてみよう。商品名はリベルというんだ。あとで紹介するけれど、私の恋人の名前から考えたんだよ」

「まあ！　左様でございますか」

「条件は聞いているのだろう？」

「はい。さらっとでございますが一応伺っております」

「さらっとか。では今から詳しく話すね？　でも結納金はもう支払ったから、今さらダメとは言わないでね？」

「それはございません。よほどのことがない限り」

「やあ！　それは嬉しいよ。まずは君と私は契約結婚だ。君には私の妻として侯爵夫人の仕事をしてもらいたい」

「了解いたしました」

「侯爵夫人の仕事といっても社交はリリベルが担《にな》うから、君は表に出ることはないけどね」

「それも承知しております」

「美しい君につらい裏方だけで、華やかな場所には出さないというのも可哀想だけど」

「いえ、とんでもないことでございます。むしろ希望通りですわ」

「そう、それならよかった。でも欲しいものは買ってね。ドレスでも宝石でも」

「ありがたき幸せでございます」

「私はね、心からリリベルを愛しているんだ。だから彼女を愛人だとか愛妾《あいしょう》だとか呼ばれたくない。それが帳簿上だとしてもだ。だから侯爵夫人の経費として計上する金額は、君とリリベルの予算となる。もちろん2人分の予算を計上しているし、どちらを多くしろなんて野暮《やぼ》は言わないよ。同額でもいいし、むしろ君の方が多くても文句は言わないからね」

「恐れ入ります」

「ここまではいい？」

「はい、全て承知いたしました」

「ああ、それと君は実家で存在しない者のように扱われていたと聞いたが？」

「はい、幽霊のように暮らしておりました」

「大変だったね」

「いえ、それほどでもございません」

「ここではそんなことないからね。自由にしてもらってもいいし、どこに出かけてもいい。でも侯爵夫人として行動するのだから、そこはわきまえてね」

「もちろんでございます」

「護衛は必ず付けること、それなりの服装で品位を保つこと。それと、できれば我が家の愚痴《ぐち》を外では言わないで。もし不満があるなら、私がいつでも聞くから直接言ってね」

「勿体《もったい》ないことでございます」

「リリベルとの付き合いはもう長いし、社交界にも常に同伴してきたから今さらとやかく言う人はいないと思うけど、君に対しては同情や蔑みの言葉がかかるかもしれない。もしもつらかったら、すぐに言ってね。私が必ず黙らせるから。できれば君には毅然として美しい侯爵夫人でいてほしいな」

「できる限りの努力をいたします」

「なんだか、あまりにも物分かりがよすぎて……、かえって戸惑うな」

ルドルフが顎《あご》に手を当てて小首を傾げた時、ドアがノックされた。

「あっ！　リリだ。紹介するね」

マリアンヌは立ち上がり、ドレスを整える。

明るい光がドアの向こうから差し込んだかと思われるほど、美しい女性が現れた。

ピンクを含んだ金髪にブルーの瞳、スレンダーな体にふんわりと纏った濃紺のドレス。

母親が若い頃はこんな感じだったのだろう、とマリアンヌは思った。

「初めまして、マリアンヌ様。リリベルと申します。平民ですので家名はございません。この

度は私たちのために無理なお願いを受け入れていただき、感謝しておりますわ」

胸に手を当てて、その美しい女性は小さくお辞儀をした。

マリアンヌは姿勢を正し、マナーの授業で磨き上げたカーテシーで応えた。

本当に美しい女性だわ……。リリベルを見たマリアンヌは嬉しくなった。

「お初にお目にかかります。私はこの度、ルドルフ・ワンド侯爵様の正妻役というお仕事を仰《おお》せつかりましたマリアンヌと申します。お2人の末長いお幸せのために微力ながら最善を尽くす所存でございますので、何卒よろしくお願い申し上げます」

「お仕事だなんて。でも……、そうなるわね。申し訳ないけれど、私たちは結婚できない身分差だもの。そのあたりはご説明したの？　ルド」

「ああ、全て承知してくれたよ」

「ありがたいわ。マリアンヌ様、感謝いたします」

「どうぞ、マリアンヌとお呼びください」

「では私のこともリリベルと。私たちお友達になれそうね？」

「ありがたきお言葉にございます」

「それじゃあもうお友達なんだから、そんな堅苦しい言葉は止めてね。いいでしょう、ルド？」

ルドルフがリリベルを抱き寄せ、頬にキスをしながら言った。

「もちろんだよ。リリのいいようにすればいい。じゃあ君のことはなんと呼ぼうかな」

「私に愛称は不要でございます。お2人とも、どうぞマリアンヌとお呼びください」

「分かった。でも私たちに敬称は付けないで。夫婦なのに不自然だから。リリベルとルドルフって呼んでほしい」

「呼び捨てでございますか？　畏まりました」

正妻と恋人の対面も無事に終わり、新妻マリアンヌを自室に案内することになった。

リリベルをエスコートして、ルドルフがソファーから立ち上がる。

マリアンヌは、2人の様子を美しい絵画を眺めるような気持ちで見ていた。

「ああ、ちょっと待ってくれ！　妻を一人で立ち上がらせるなんて夫として失態だ」

慌ててマリアンヌに駆け寄るルドルフを見て、リリベルが微笑んだ。

「勿体ないことです」

「その言葉遣いもさあ、少しずつでいいから直していこうね」

「それは至らないことでした。申し訳ございません」

「ねえ、本音で話さない？　家族になるんだし。私は君と一生添い遂げる夫だよ？」

「家族でございますか？」

「うん。夫婦になるんだから、そうでしょう？　君のことをもっと知っておきたいな」

3人は、新しいお茶をメイドに頼んで座り直した。

「私は生まれ落ちたその日から、家族というものを存じません。また欲しいと思ったこともございません。私は自らの幸せを他者に求めることをいたしません。それを寂しいとも思わず、今日まで生きて参りました」

「なるほど。では君は何に幸せを見出すの？」

「私にとっての幸せとは、私自身の成長ですわ。私の成長は私の努力でしか成し遂げられませんから。全て私自身に帰結するのです」

「なんというか……達観してるねぇ。でもね、マリアンヌ」

「なんでございましょう」

「君の考えも決意も全て認めるよ。それは素晴らしいことだし、私にはとてもじゃないけどできないほどの崇高《すうこう》さだ。それでも人って愛を求めることもあるんじゃないかな……。愛することとは素晴らしいよ。何物にも代えがたいほどの魂の高ぶりを感じるんだ」

ルドルフは横に座るリリベルの腰を抱き寄せ、頬を赤らめながら、そう言った。

「左様でございますか。私の浅い人生経験では理解できない境地ですわ」

「君は今まで恋愛した経験はないの？」

「ございません」

「避けていた？」

「いいえ」

「こんなに美人なのに？　モテただろうに」

「そのように感じたことはございません」

「男に興味はないの？」

「興味とは？」

「手を繋《つな》ぎたいとか、キスしたいとか、抱かれたいとか？」

「今のところはございません」

「そうか……。じゃあ君は処女？」

「もちろんでございます」

「なんなら……抱いてあげようか？」

「いいえ、お気遣《きづか》いなく」

「私は、裏切りは許せない性格でね。君は私と結婚しちゃったでしょ？　妻の不貞は重大な裏切りだ。だったら君を抱いてあげられるのは、私だけってことになっちゃうでしょ？」

「白い結婚だと伺っておりましたが？」

「うん。そのつもりだったけど……本当にいいの？　それで」

「十分でございます」

「そう？　リリベルが初夜だけでも済まさないと可哀想だと言ってたんだけど」

ルドルフの横でリリベルが何度も頷いている。

「謹《つつし》んでご辞退申し上げます」

「もし気が変わったら言って？」

「お気遣いに感謝いたします」

「それと、まあ君に関しては心配なさそうだけど……。リリベルに嫉妬したり、リリベルをいじめたりしないでね。できれば上手くやってほしいな」

「そのことは最重要事項として厳守して参る所存でございますので、どうぞ私を……、あなた様の妻を信用してくださいませ。リリベル様も信じてくださいね」

「うん。分かったよ。私の妻に全幅の信頼を置こう。リリもいいね？」

「もちろんよ」

「ありがたき幸せでございます」

一般常識の斜め上の会話を真面目な顔で済ませた3人は、マリアンヌの自室に行った。

ルドルフは右手でリリベルを抱き寄せながら、左腕にマリアンヌの手を置かせている。

「いいなぁ。両手に花だ！」

「もうルドったら、浮かれすぎよ。ごめんなさいね、マリアンヌ。付き合わせちゃって」

「いいえ。それより、私がルドルフと腕を組むことに問題はないのですか？」

「私が焼きもちを焼くかってこと？　あなたに関してはないわ。他の女は許さないけれど」

リリベルがそう言いながら、ルドルフの頬を指先でつついた。

「リリに焼きもちを焼かれるようなことは絶対しないさ。君以外の女性などみんな狐《きつね》か狸《たぬき》にしか見えないよ。おっと！　奥様は別だからね。マリアンヌは……そうだなぁ～、小猫？」

マリアンヌの表情が一瞬だけ固まった。

ルドルフとリリベルは楽しそうに笑っている。

「ではルドルフにとって今のこの状況は、愛する女性を抱き寄せながらペットの猫を腕に乗せている感じですか？」

マリアンヌが目を丸くしながら言った。

「ははは！　そうそう。そんな感じ。君は面白いねぇ～、気に入ったよ。実に気に入った。ぜひとも一生涯のお付き合いをお願いしたいね」

「うふふふふ。マリアンヌはかわいいわ。お友達というより、妹のように思えてしまうの。マリアンヌはおいくつ？」

「私は16歳です。来月には17歳になりますわ」

「あら！　お誕生日パーティーをしなくちゃ！　そうでしょ？　ルド」

「いいね。その時に結婚のお披露目もしようか。ああ、そうだ、マリアンヌ、結婚式はどうする？」

「お披露目さえも烏滸がましいと存じますので、結婚式はご遠慮申し上げます」

「まあ！　本当にいいの？　無欲なのねぇ、マリアンヌは。でも誕生日パーティーは盛大にしましょうね？」

誕生日パーティーなどというものを見たことも聞いたことも、やってもらったこともないマリアンヌは黙っていた。

「いいわね？　マリアンヌ。私たちに任せてちょうだい」

「うっ……。分かりました」

マリアンヌに与えられた部屋は、3階の南側だった。

広い寝室と応接室、ウォークインクローゼットとサニタリールーム。

客間をいくつか潰《つぶ》して作ったのだろう。

伯爵家のあの4人が使っていた面積より広いかもしれないとマリアンヌは思った。

しかも侯爵夫妻の執務室はどちらも1階にあるので、ここは完全なプライベート空間だ。

「こんなによい部屋を？　ありがとうございます」

「うん。ここは日当たりもいいし、眺めもいいだろう？　本当なら2階にするべきだけど、2階には主寝室を挟んでリリベルの部屋と私の部屋があるんだ。でも、ほとんどリリベルの部屋しか使ってないんだけど、どうもあまり近い部屋だといろいろ不都合があるらしい」

「不都合とは？　お2人のプライベートを覗くことなど絶対にございませんが？」

「そうじゃなくて……。メイド長と執事長からダメ出しを喰らったんだよ」

「？」

「僕たちがあまりにも激しくて……なんというか……声がね……廊下にまで漏れるって……。えっと……夜にね……だから同じ階は……」

「？？？」

「いや、分からなくていい！　むしろ分からない方がいい！　忘れてくれ！　君はまだ若いし3階でも大丈夫だろう？」

「もちろんです。適度な運動になって嬉しいですわ」

「うん。よかった。使用人たちは1階に住んでいるけど、各階には必ず夜番の騎士とメイドがいるから安心してね」

「3階を使うのは私一人ですか？」

「うん。常時寝泊まりするということなら一人だけど、3階には図書室と家事作業場もあるから誰かは必ずいるよ」

「図書室が近いのは嬉しいことです」

「ああ、君ならそう言うと思ったよ。自由に使っていいからね」

リリベルがマリアンヌの顔を覗き込んだ。

「マリアンヌは読書が好きなの？」

「はい。学院の図書室の本は在学していた10年で、全て読破いたしました」

「すごいわね……。本が読めると楽しいのでしょうね」

リリベルがフッと暗い顔をした。

ルドルフが、そんなリリベルの顔を指先でなぞる。

「リリベルは読み書きが得意ではないんだ。平民だから仕方がないけどね」

「できれば習いたかったわ」

「それよりマナーとかダンスの方を優先すべきだっただろう？　それに今は社交で忙しい」

「そうね。まあ人それぞれ、役割分担っていうものがあるものね」

「そうだよ。君は私の横で常に美しく笑って、僕だけを見ていればいいんだ。愛してるよ、リリ」

「ええ、私も愛してるわ。ルド」

2人はマリアンヌなどいない者のように、強く抱き合い深いキスを交わし始めた。

そんな2人を冷めた目で数秒見たあと、マリアンヌは一人で図書室に向かった。

重厚なドアを押し開くと、紙とインクの懐《なつ》かしい匂いが流れ出す。

「ああ……。いい匂い」

図書室特有の香りを楽しんでいたマリアンヌの横から、男性の声が響いた。

「ここにご婦人が来られるのは久しぶりですね。何かお探し物でしょうか？」

マリアンヌは、ゆっくりと声の主の顔を見た。

「今日からこちらでお世話になるマリアンヌ・ルーランドと申します。自室を3階に与えられましたので、ご挨拶にお伺いした次第です」

「ルーランド？　ああ、奥様ですか。それはそれは！　ようこそ図書室に。私は司書のマーキュリー・ヘッセと申します。ヘッセ伯爵家の三男で、こちらで働いております」

「左様でございますか。妻といってもご存じの通りお飾りですから、どうぞお気楽に接してくださいませね。私は読書が大好きですの。度々利用させていただきたいですわ」

「それは嬉しいですね。ジャンルを教えていただければオススメを紹介しますよ。ここになければ取り寄せても構わないですし」

「今後ともよろしくお願いいたします」

２人が挨拶を交わしていたら、図書室の扉が乱暴に開いた。

「あっ！　ここにいたのかマリアンヌ。探したよ。驚かせないでくれ……って言っても驚かせたのは僕たちの方か？」

「いいえ、特には驚きませんでしたよ」

「そう？　それならいいけど。時々あんなことがあるけど気にしないで」

「承知いたしました」

「君は本当によくできた妻だな」

「恐れ入ります」

「その口調さえ直せば完璧《かんぺき》だ」

「徐々に……努力をいたします」

「さあ、荷ほどきは済んでいるらしいから、ゆっくりするといい。夕食には呼ぶから３人で食べようね。マーキュリー、彼女は本好きらしいから、よろしく頼むね」

「了解。それにしてもルドルフ。君は男の敵だねぇ。奥さんも恋人も恐ろしいほどの美人じゃないか」

「そうだろう？　これぞまさしく男のロマンさ。まあ、私もそれにふさわしい美男だし？」

「マリアンヌ様？　本当にこいつでよいのですか？　しかも鬼畜な条件で」

「こ、こいつ？　鬼畜？」

笑いながらルドルフがマーキュリーの肩を叩いた。

「こいつでいいのさ。鬼畜ってのはいただけないけど事実だし？　マーキュリーとは学園時代の同級生で親友なんだ。まあ私とは違って本と結婚したような変態だけどね」

「そうでしたか。あらためまして、よろしくお願いいたします」

今日から自分の夫となったルドルフの恋愛事情にも友好関係にも全く興味のないマリアンヌは、通常運転で優雅にお辞儀をした。

それから1年、３人は大きな問題も起こさず、とても仲良く暮らした。

王宮で開催されるような、どうしても夫婦で出席しなくてはいけないない正式な夜会だけはマリアンヌが同伴したが、それ以外は全てリリベルが出た。

◆◇◆◇◆

ある日のこと、リリベルが図書室で本を読んでいたマリアンヌのもとを訪れた。

「ねえ、マリアンヌ。一緒にお買い物に行かない？」

「お買い物？　商会を呼ぶのではなくて街に行くってこと？」

「そうよ。たまにはウィンドウショッピングも楽しいと思わない？　それに商会を呼ぶだけでは本当の流行は分からないわ」

「流行ねぇ……。私が正装するのは王家が関わるパーティーだけだから、あまり流行を追う必要もないのだけれど？　まあ息抜きにはなるかもね。いいわ、行きましょう」

マリアンヌの返答に満足したリリベルは、さっさと立ち上がってマリアンヌの手を引いた。

「ルドルフも一緒に行くって。3人で行きましょう」

普段着のワンピース姿だったマリアンヌは、急いで自室に戻り着替えを始めた。

メイドが3人がかりで、侯爵夫人としてのマリアンヌを仕上げていく。

「そんなに気張らなくてもいいわ。ただのお買い物でしょう？」

そう言うマリアンヌに、古参のメイドが真面目な顔で首を横に振った。

「いいえ、奥様。侯爵夫人としての体裁《ていさい》を整えなくてはなりません。特に今日はご主人様とリリベル様とご一緒なのですから、どちらが正妻なのが一目で分かるようにしなくては店の者に侮られてしまいます」

「そういうものかしら……」

「そういうものです」

「分かったわ……。でも、ほどほどにお願いね」

「畏まりました」

心の中でため息を吐きながら、メイドたちの成すがままになっていたマリアンヌを、ルドルフが迎えに来た。

「準備はどうかな？　マリアンヌ……やあ！　これは美しい！　さすがワンド侯爵夫人だ！」

既に疲れてきたマリアンヌの後ろで、メイドたちが胸を張っている。

「リリベルも美しいが、マリアンヌの美しさはまたタイプが違うよね。なんと言うか知的だ」

「ありがとうございます、ルドルフ」

「リリベルが輝くピンクのバラなら、君は可憐なギプソフィラのようだ」

「まあ！　素敵なお花ですこと」

「うん、君は単独でも十分美しいけれど、他者に寄り添うことでその者の美しさをより際立たせる謙虚な美徳を持っているからね。そんな君が私の正妻で嬉しいよ、マリアンヌ」

一人ではしゃいでいるルドルフの後ろから、リリベルが顔を出した。

「まあ、ルドルフったら、よく分かっているじゃない。確かにギプソフィラはマリアンヌにぴったりの花よね。ねえ、知ってる？　ギプソフィラってベイビィブレスともいうのよ？」

マリアンヌが小首を傾げた。

「まあ！　そうなの？　赤ちゃんの息っていう別名なの？」

「そうよ。赤ちゃんっていうより、愛すべき人っていう方が近いかな」

ルドルフが口を挟んだ。

「美しいバラと可憐なベイビィブレスを同時にエスコートできる私は、世界で一番幸せな男だ」

「ふふふ、ルドルフ。私たちが花ならあなたは何かしら？」

リリベルが悪戯《いたずら》っぽく聞いた。

「そうだなぁ～。花といえば蝶《ちょう》？」

マリアンヌは心の中で蝶の幼虫を思い浮かべたが、もちろん口には出さない。

「さあ、行きましょうか」

気を取り直すように、マリアンヌが声をかけた。


馬車の中で、マリアンヌはリリベルに聞いた。

「ところでどこに行くの？」

「今日はドレスブティックと宝飾店よ。もし他にも行きたいところがあれば言ってね」

「私は特にはないの。今日はお２人にお付き合いするわ」

ルドルフが不思議そうな顔をする。

「君のことだから本屋って言うかと思ったけど？」

「そうね、もちろん本屋さんには興味があるけど……」

一瞬の沈黙のあと、リリベルが話し始めた。

「ああ、私に気を遣ったのね？　大丈夫よ、マリアンヌ。今日は行きたいところに行きましょう。あなたが本屋さんに行っている間、私たちはカフェでおしゃべりでもしているわ」

「そう？　いいの？」

「もちろんよ」

かたんと馬車が揺れて、御者席側の窓から声がかかった。

「やあ、到着だ。まずはドレス選びだね？　好きなだけ買っていいけれど、私にも一着ずつ選ばせてほしいなぁ」

２人を順番に馬車から降ろしながら、ルドルフが上機嫌で言った。

マリアンヌは人生２回目のドレスブティックに戸惑った。

(人生初の時はワンド家に嫁ぐ日だったわね……。あの時の選択基準はサイズが合うものだったから、迷う必要もなかったけれど)

「マリアンヌ！　何してるの？　こっちよ」

リリベルがマリアンヌを手招きした。

「さあ、マリアンヌ。どの色が好みかな？」

ルドルフも楽しそうだ。

「そうですわね……」

そう言われたマリアンヌは、ふと気付いた。

(私って何色が好きなのかしら？)

今まで好きか嫌いか、という基準で服装を選んだことがないマリアンヌは戸惑った。

色の洪水を前に眉間《みけん》にしわを寄せているマリアンヌに、見かねた店主が声をかけた。

「奥様、いつもご贔屓《ひいき》にありがとうございます。普段はこちらでお似合いになりそうなものを選んでお持ちしておりますから、一からお選びになるのは大変でしょうか？」

「ええ、不勉強で恥ずかしいわ。実は自分に何が似合うのか分かっていないの。オススメを教えてくださる？」

満面の笑みで頷いた店主は、スタッフにデザイナーを連れてくるように声をかけた。

「いらっしゃいませ。いつもご贔屓を賜《たまわ》りまして感謝しております」

優雅なカーテシーを披露したデザイナーは、思っていたより年配の女性だった。

「まあ、お忙しいでしょうに。お時間をとっていただいてごめんなさいね」

「ご丁寧にありがとうございます。それで、ワンド侯爵夫人は何をお探しでしょうか？」

マリアンヌは楽しそうにドレスを選んでいるリリベルとルドルフをチラッと見てから、デザイナーに耳打ちした。

「実は、あまり必要なものもないのよ。今日はお付き合いなの。でも買わないって言うとあの2人がうるさくてね。少し高位の方が来られるようなお茶会でも着られるようなドレスを、一着選んでいただけないかしら」

マリアンヌに釣られて、デザイナーも内緒話のような声になる。

「左様でございますか。お連れ様は既に5着はお選びのようですが？」

「ああ、彼女はたくさんパーティーに出るから必要なの。私はほとんど行かないから……」

「左様でございますか……。残念ですね……」

「あら、誤解しないでくださいね。私は行きたくなくて行かないの。彼女が代わりに行ってくれているから、とても助かっているのよ？　私は社交が苦手なのよ」

「そうでしたか。それは大変失礼いたしました。このような仕事をしておりますと、いろいろと噂話も耳に入って参りますが、どうもワンド侯爵家の噂に関しては正しくないものも多いようですわ」

「そうなの？　どんな噂なのかは知らないけれど、私たちは問題なく過ごしているわ。もしあまりにも品がないような噂だったら悲しいわ」

「もしそのようなお話がありましたら、私からも否定しておきましょう。さあ、まずお色から決めていきましょう」

取り繕うようにデザイナーが、マリアンヌをドレスサンプルの前に連れて行った。

「自分の好きな色が何かさえ分からないの。だから、似合う色も分からないのよ」

マリアンヌが正直に言う。

「大丈夫でございますよ。好きな色は変わるものですし、好きな色が似合う色とも限りませんから。奥様の御髪は素敵な銀色でございますから、似合う色は寒色系かもしれませんわ。そちらから、ご覧になってはいかがでしょう」

デザイナーの一言で、スタッフがさっと動き出す。

ソファーに座ったマリアンヌの前に、寒色系のカラーバリエーションがずらっと並んだ。

戸惑うマリアンヌの顔の横に、次々とカラーサンプルが当てられていく。

初めての経験に、マリアンヌはじっとしているのが精いっぱいだった。

「こちらはいかがでしょう？　とてもお顔映りがよろしいと存じます」

差し出された色は紫のような青のような、なんとも表現のし難い色だった。

「珍しいお色ね。なんという名前なのかしら？」

「こちらは蘇芳《すおう》で浅く染めたもので、浅蘇芳と申します。どちらかというと寒色系というより中間系に属しますが、藍色などの青系は既にお持ちでしょうから、今回は除外しました」

「そうですか……。蘇芳というと？　植物ですよね？　素敵ですわね」

カラーサンプルを手にうっとりしているマリアンヌの横に、ルドルフが座った。

「素敵な色だね。きっと君によく似合うよ。君、この色のドレスを選んできてくれないか？」

ルドルフがさっさと指示を出した。

スタッフが礼をして足早に去って行く。

「ルドルフ？　ここにいていいの？　リリベルは？」

「リリベルは夢中で選んでいるよ。そろそろ止めないとさすがの私も破産するかも？　それより、君さ。きっと君は一着買えばいいくらいに考えているのだろう？」

マリアンヌは肩を竦めて見せた。

デザイナーが助け舟を出す。

「いつもお世話になっております、侯爵様。確かに奥様は一着とおっしゃいましたが、こちらのお色は希少な草木で染めておりますので、とても珍しいお色で高価なのです。奥様は素晴らしい審美眼をお持ちですわ」

「やあ！　プロのあなたにそう言ってもらえると、なんだか鼻が高いな。うん、私もこの色が気に入ったよ。どうだろうか、この色のバリエーションで3着ほど見繕って、小物も全てコーディネートしてくれたまえ。どうも我が妻は買い物が苦手なようだからね」

「畏まりました」

デザイナーが席を立った。

「マリアンヌ、相変わらず欲がないねぇ。もっと買ってもいいんだよ？」

「ありがとう、ルドルフ。でも本当に私は必要ないのよ。私の予算でリリベルに買ってあげてくださいな。お茶会やパーティーもたくさん予定があるのでしょう？」

「まあ、それはそうだけど……。では、こうしよう。このあと宝飾店に行くから、今日買ったドレスに似合うアクセサリーを私に選ばせてくれ。そして君は好きなだけ本を買う。それでどう？」

「嬉しいわ、ルドルフ」

「お安い御用だよ、大切な奥様」

「まあ！　なんだか照れるわね。リリベルが焼きもちを焼かないかしら？」

「君には焼かないさ。彼女も心から君に感謝しているんだ」

「それなら嫁いできた甲斐があったわね」

微笑み合う2人の前にリリベルがやってきた。

「ご歓談中申し訳ないけれど、迷ってしまって……。ねえ、マリアンヌ。どちらがいいと思う？」

「そうねぇ……。こちらの花柄の方がリリベルの魅力をもっと引き立てるのではない？」

「そう？　ちょっと派手じゃない？」

「そんなことないと思うわよ？　試着してみたら？」

「そうね、ちょっと着てくるわ」

スキップをするようにリリベルが去って行った。

「ね？　彼女は幸せだ」

「そうね、幸せそうだわ」

「君にも幸せになってもらわないとね。さあ、奥様。ドレスの用意ができたようですよ？」

ルドルフがマリアンヌに手を差し出して立ち上がった。

小さく頷いたマリアンヌは、その手を取って歩き始める。

デザイナーが選んだドレスは、どれもマリアンヌの清楚《せいそ》さを引き立てるデザインで、ルドルフはひと目で気に入り即決した。

次に向かった宝飾店では、ルドルフの独壇場《どくだんじょう》だった。

結局マリアンヌは3着、リリベルは12着のドレスを選んだのだが、ルドルフはその全ての色とデザインを覚えているかのように、迷いなく宝飾類を選んでいく。

（これはものすごい才能だわ）

マリアンヌは素直に感心した。

1時間もかからないうちに、ドレス別にネックレスやピアスを選び終わったルドルフは、満足そうに言った。

「リリベルには12セット、マリアンヌには3セットだ。でも合計金額で言ったらマリアンヌの方が高額だよ。文句はないよね？　リリベル」

「もちろんよ！　私は数が多い方が嬉しいし、いつもマリアンヌよりたくさんお金を使っているっていう自覚はあるの。申し訳ないと思っていたから、少し気持ちが楽になるわ」

「いい子だ。リリベル。愛しているよ」

「ルドルフ。私も愛しているわ」

いつものように口づけイベントが始まるかとマリアンヌはヒヤヒヤしたが、さすがの2人もそこまで非常識ではなかった。

「では、あとで屋敷に届けてくれたまえ」

ルドルフは左右に正妻と恋人を引き連れて、颯爽《さっそう》と店を出た。

見送る店員と客として居合わせた貴族たちの呆れたような顔に、マリアンヌは少し恥ずかしいと思ったが、お仕事だと自分に言い聞かせて乗り切った。


2人はそのまま歩いてカフェに行くと言うので、マリアンヌは一人だけ護衛騎士を従えて本屋に向かった。

「奥様はお一人で本屋ですか……」

護衛騎士が話しかける。

「ええ、私はドレスより宝石より知識なの」

「旦那様はリリベル様に夢中ですよね……。奥様はそれでよろしいのですか？」

「ええ、なんの問題もないわ。あなた、お名前は？」

「あっ！　余計なことを申しました。申し訳ございません。私は旦那様付きの護衛騎士をしております、ハンセンと申します。平民ですので、家名はございません」

「そう、ハンセンね？　あまり滅多なことを言うものではないわ。気を付けてね」

「はい、申し訳ございませんでした。お許しください」

「ええ、今回は内緒にしましょう。でもリリベルってかわいいし綺麗だし、明るいし。ルドルフが夢中になるのも分かるわよねぇ？　あなたもそう思うでしょう？」

「ええ、リリベル様は本当にお美しいです……」

マリアンヌはチラッと騎士の顔を見て、クスッと笑った。

マリアンヌはワンド侯爵家の領地であるベラール地方に関する本を買い漁《あさ》って、ルドルフたちと合流し帰路に着いた。

「慣れないことはするものではないわね……。本当に疲れたわ」

ゆっくりと湯船に浸かりながら今日一日を振り返り、マリアンヌはそう呟いて目を閉じた。

◆◇◆◇◆

それからもマリアンヌは、執事長について内政管理と領地経営の勉強を続けた。

午前中は侯爵夫人として執務室に籠《こも》り、任された仕事をテキパキと片づけ、午後からは図書室に行き、自分で選んできた本を片っ端から読破していく。

使用人たちは結婚事情を納得しているので、蔑ろにされることもなく至って平和な毎日だ。

「さすがに首席卒業されただけのことはございますね。これ以上、私がお教えできることなど何もございませんよ」

執事長がマリアンヌの作った書類を確認しながら感嘆した。

隣でルドルフが満足そうに頷いている。

「本当に私は運がいいよ。それにしてもマリアンヌは本しか欲しがらないし、仕事ばかりで楽しいの？」

「はい、領地経営の面白さにハマっているところです」

「ふぅ～ん。まあ私がやっていた時よりずっと業績もいいし。なんなら全権委任しちゃおうかな？」

「よろしいのですか？」

「ああ、もともと私はあまり得意ではないんだ。新しい商品も開発しなくちゃとは思うんだけどねぇ。どう思う？　執事長」

「左様でございますね。奥様でしたら問題ないと存じますが。ご主人様は何をなさるのでしょうか？」

「私は営業担当でもするよ。リリベルと一緒にいろんな夜会や茶会に顔を出して、マリアンヌが開発した商品を売り込むのさ」

マリアンヌが手を打って同意した。

「素晴らしい案だと存じますわ！」

「ははは！　そうだろ？　リリベルも今の立場で受け入れられているからね。まあこれも全てマリアンヌのお陰なんだけど」

「滅相もございません。私は日々快適かつ有意義に過ごさせていただいております」

「君は本当に欲がないねぇ。リリベルに会う前だったら、間違いなく求婚していたよ」

「ご冗談を。ところで旦那様。私、一度ワンド侯爵家の領地を訪問してみたいのですが」

「ああ、もちろん構わないよ。使用人たちにも紹介したいけど、社交シーズンは無理だなぁ」

「左様でございますか。私一人ではダメでしょうか」

「う～ん……。一人では難しいかな？　そうだ！　君が同行してくれないか？」

執事長は驚きもせず頷いた。

「私でよろしければお供いたします」

「ああ、そうしてくれ。マリアンヌ、彼は今でこそ執事長って顔でソツなくやっているけれど、もともとは騎士だったんだ。彼の才能を見抜いた私の父が執事に任命したんだよ。だから彼なら護衛もできるから、私も安心だ」

「まあ、それは多才な方ですのね。尊敬申し上げますわ」

マリアンヌは執事長に軽く礼をした。

執事長は慌てて頭を下げている。

「じゃあ日程を調整してみるね」


その日から、マリアンヌは図書室でワンド侯爵家の領地のことを中心に勉強した。

ワンド侯爵家の領地は、南の地方都市ベラールを擁《よう》している。

ベラールといえば、学院時代を共に過ごしたケニーの出身地だ。

領地に行ったら一番にケニーに会おうと、マリアンヌはわくわくしていた。

その時、図書室の扉が乱暴に開かれた。

司書のマーキュリーとマリアンヌが驚いて振り返ると、泣き顔のリリベルが立っていた。

「まあ、どうされたのです？　リリベル」

「マリアンヌ～。聞いてよぉぉぉ。ルドがぁぁぁ」

リリベルがマリアンヌに駆け寄り抱きついて、べそべそと泣く。

マーキュリーが肩を竦めて言った。

「どうしたのさ、リリベル。奥様が困っているよ？　あいつとケンカでもしたの？」

「ルドが悪いのよ。すごい焼きもち焼きなんだもん。私のこと疑うのよ？」

「はぁぁぁ。また手紙でも来たの？　そういえば、ルドルフが結婚してから増えたよね」

「そうなの。この前の夜会でダンスを申し込まれて踊ったシルバー伯爵が、恋文を送ってきたのよ。私は読む気もないからほったらかしにしてたのに、ルドが開けて読んじゃったの」

「それはまた……。ルドルフも少しは大人になったと思ったけど？　あいつ、リリベルのことになるとホントにポンコツだよね。リリベルは、こんなにルドルフのことが好きなのにねぇ」

「そうよ！　ルドが子供なんだわ！」

「僕からも言っておくから。いい加減に奥様を離してあげないと窒息しちゃうよ」

「あっ！　ごめんね、マリアンヌ。大丈夫？　私ったら興奮してしまって」

「うっっ！　大丈夫です」

マリアンヌは、首に巻きついていたリリベルの腕を優しく剝《は》がしながら息を吐いた。

どたどたという足音がしてルドルフが駆け込んでくる。

「リリ！　ごめん！　私が悪かった！　焼きもちを焼いてしまったんだ。だってリリがあまりにも魅力的だからさあ。許してくれ、リリ！　愛してるんだ！」

さっきまで泣いていたリリベルの顔がパッと明るくなる。

「もうルドったらぁぁぁ。私も愛してるわ。だから許してあげるわね」

「ああ、ありがとう、リリ。キスをしても？」

いつでもどこでもやってるくせに……と、マリアンヌとマーキュリーは思ったが口には出さなかった。

密着して図書室を出ていく2人を見送ったマリアンヌは、マーキュリーに質問した。

「愛し合うってあんな感じなんですか？」

マーキュリーは困った顔で答えた。

「いや。あれは参考にするべきじゃないね。かなりの特殊ケースだろう」

「そうですか」

マリアンヌは何事もなかったかのように本に視線を戻した。

マーキュリーはそんなマリアンヌを不思議そうに見て、独り言を呟いた。

「うん……。君も参考にはならないタイプの人種だね」


それから何日かして、マリアンヌはルドルフに呼ばれた。

「マリアンヌ！　領地に行く日程が決まったよ。急なことだけど来週だ。大丈夫かい？」

「まあ！　もちろんですわ。早急に対応していただき感謝いたします」

「執事長が同行するけど何日くらい行くつもりなのかな？　こちらの予定では1カ月くらいかなって思ってるんだけど」

「それで十分でございますわ。逆にひと月もよろしいのでしょうか」

「ああ、遠いからね。そのくらいは必要だろう。でもマリアンヌと執事長がいない間は私が実務をすることになるだろう？　それが限界だと思ってくれ」

「なるほど。急がない案件は残していただいて構いませんし、今できるものは片づけてから行きますので」

「そうしてくれると助かるよ。それとあちらで侯爵家の体裁を保つくらいのドレスや宝飾類は準備してね？　会食とかあるだろうから」

「承知いたしました」

「商会を呼ぼうか？」

「いえ、今まで買っていただいたものがございますので」

「でもなぁ……。帳簿を確認したけど、侯爵夫人の経費ってほぼリリベルが使ってるじゃない。マリアンヌはほとんど使わず返金処理してるでしょ。使い切っていいんだよ？」

「特に欲しいものもございませんし。本などは経費で購入していただけますので」

「じゃあ領地で使ってきなよ。なるべくお金を使った方が領民のためになるからね」

「それは名案ですわ。それでは、そうさせていただきます」

「うん。足りなかったら言ってね。すぐ送るから」

「承知いたしました。お気遣い恐れ入ります」

断ったにもかかわらず、ルドルフはすぐに馴染みの商会を呼んだ。

困った顔で黙って座っているマリアンヌの横で、ルドルフとリリベルが次々にドレスや宝飾品などを選んでいく。

途中からはリリベルのための買い物が中心になったが、それでも旅行トランク3つ分くらいのドレスや宝飾類が、マリアンヌの部屋に運び込まれた。


念願の領地経営に関われると決まったマリアンヌは、結婚して一番嬉しいと思っていた。

自室に戻って急いでケニーに手紙を書く。

領地に向かう前日に、ケニーから返事が届いた。

いつでも大歓迎だと書いてある手紙を胸に抱いて、マリアンヌは微笑んだ。


領地に到着したマリアンヌは侯爵家のマナーハウスに入った。

タウンハウスも恐ろしいほど豪華だと思っていたが、領地の屋敷は小さな城と言っても過言ではないほど立派なものだ。

玄関前には使用人が並び、初めて領地に足を踏み入れた正妻を歓迎してくれた。

「マリアンヌと申します。なかなかこちらに来ることができず、ご挨拶が遅れました。本日よりひと月ほど滞在いたしますので、よろしくお願いします」

マリアンヌは軽い会釈をして、使用人全員の顔を見た。

こちらの使用人も事情は理解しているようで、好意的な視線を当主夫人に向けている。

「では奥様、本日はお疲れでございましょうから、お部屋でゆっくりなさってください。私はここの執事と打ち合わせをして参りますので」

「ええ、分かったわ。では湯あみでもして、部屋でゆっくりさせてもらいましょう」

メイドが進み出て、マリアンヌが使う部屋に案内する。

部屋は東南角の部屋で、広い居間と寝室が繋がっている作りだった。

「まあ！　素敵なお部屋ね」

「こちらは先代の侯爵夫人がお使いになっていたお部屋です」

メイドが恭しく返事をした。

「ではリリベルもここで？」

メイドは少し困った顔で続ける。

「いえ、こちらは侯爵夫人のお部屋ですので、リリベル様はお使いではございません。これはご当主様がお決めになったことで、リリベル様もご納得しておられます」

「あら、そういうところは、はっきりと線を引いておられるのね」

「左様でございます」

「なんだか意外だわ」

「そうですか？」

「だってあんなに溺愛《できあい》しておられるじゃない？」

「確かに鬱陶しい……失礼いたしました。目のやり場に困るほど溺愛しておられますが、あくまでも恋人としてでございます」

「なるほど。私のように人生経験の浅い者には分からない境地だけれど、私は何も不満はないのよ？　そこは誤解しないでね」

「もちろんでございます」

マリアンヌは紅茶と湯あみの準備を頼んで、ベッドに座って足を投げ出した。

早く到着したくて無理な日程を組んだせいか、足が棒のように凝《こ》り固まっている。

靴も靴下も脱ぎ捨てて、自分で足をマッサージした。

そうこうしている間に紅茶が運ばれ、湯あみの準備が整ったとメイドが告げに来た。

部屋に案内してくれたメイドが、丁寧に湯船の中で全身くまなくマッサージをしてくれる。

自分が思っていたより疲れていたのか、マリアンヌは湯船の中でうとうとしてしまった。

蜂蜜《はちみつ》で作ったヘアクリームとヘッドマッサージで、砂埃《すなぼこり》で傷《いた》んでいた髪に艶《つや》が戻ってきた頃、マリアンヌの部屋のドアがノックされた。

「奥様、お客様がお見えです。ケニーと言えば分かるとおっしゃっていますが」

「まあ！　ケニーが来てくれたの！　学生時代の友人よ。ああ嬉しいわ！　応接室にお通ししてちょうだい。すぐに準備するから」

「畏まりました」

ルドルフからは侯爵夫人としての体裁を整えるように言われているが、相手がケニーなら話は別だ。

マリアンヌは動きやすいワンピースを纏い、手早く化粧をしてから応接室に向かった。

「ケニー！」

「やあ！　マリアンヌ。元気そうで何よりだ！」

「ああ、会いたかったわ、ケニー。あなたこそ元気そうだし、全然変わらないわ」

「そう？　少しは大人になったと思わない？」

「それはもちろんよ。すっかり素敵な青年実業家って雰囲気だわ」

「ははは、君は変わらないね。侯爵夫人って感じじゃないな。制服を着せたら、あの頃のままだ。卒業してすぐ結婚したんだろう？　子供はまだなの？」

「そうね。そろそろじゃないかと思うんだけど……」

「そろそろじゃないかって思う？　なんだか、いろいろありそうだねぇ。相変わらず波乱万丈ってところかな？　さすが我らがマリアンヌだ」

「別に秘密じゃないから、おいおい話すわ。それにしてもよく分かったわね。ついさっき到着したのよ？」

「ああ、この街では、変わったことがあればすぐに耳に入るんだ。着いて使用人に挨拶して、湯あみをして。そろそろ一息ついた頃かなぁって思って来たんだよ」

「さすがケニーだわ」

2人はメイドが入れてくれた紅茶を挟んでソファーに腰かけて、しばし学生時代の思い出話を楽しんだ。


会話を楽しんだ彼らは、メイドに言って同行した執事長を呼んだ。

「お呼びでしょうか、奥様」

「ええ、これからいろいろとお世話になるから、紹介しておこうと思って。ケニー、こちらがワンド侯爵家タウンハウスの執事長であり、私に領地経営の基礎を教えてくれたロバートよ。ロバート、こちらは私の学生時代の先輩で、とてもお世話になった方なの。ここベラールのリッチモンド商会ご子息のケニーよ」

2人は互いに挨拶をしながら握手をした。

「リッチモンド商会といえば、ベラールの大商会ですね。ご当主様もとても大切に思っておられますよ」

「ワンド侯爵様にはことのほか目をかけていただき、商会一同心から感謝いたしております。それにしても私の学友であり親友であるマリアンヌ嬢が、ご当主様に嫁いでいたとは驚きましたよ」

「はい、奥様のお陰でとても円満なご家庭です。奥様がベラールに行けば会いたい人がいるのだとおっしゃっていたのが、まさかリッチモンド商会の次期当主とは驚きました」

「次期当主といっても、私は養子ですからね。実権は父が死ぬまで握るでしょうから、気楽な身です」

「いえいえ、大変優秀な方だと聞いております。これからもよろしくお願いいたします」

「それはこちらから伏してお願いしたいところです。ところでマリアンヌ、いや奥様。今回の訪問目的は何かな？」

「お願いだからマリアンヌと呼んでね。それから目的のことだけど、新しい特産品の開発と問題点の洗い出しなの。できれば改善方法も見つけたいわ」

「分かったよ、マリアンヌ。それで期間は？」

「約1カ月よ」

「それはなかなかハードだね。でも、できない話じゃない。少し心当たりもあるんだ。よければ早速明日から動かないか？　会わせたい人もいる」

「ええ、ぜひお願いしたいわ」

そう約束を交わすと、ケニーは準備があるからと早々に帰っていった。

ケニーに会えた安心感で、マリアンヌは久々にゆっくりと深い眠りを貪《むさぼ》った。


翌朝、ケニーがマリアンヌを迎えに来た。

ケニーの用意した馬車にケニーとマリアンヌとロバートが乗り、ワンド侯爵家の護衛騎士が前後を騎馬で固める。

馬車の中で、ケニーはマリアンヌに話しかけた。

「マリアンヌ。昨日話していた新しい特産品だけど、絹織物はどうかと思うんだ」

「絹織物？」

「うん。この辺りは紅茶栽培が盛んだろう？　その気候に合うのが桑《くわ》の栽培だ。桑といえば蚕《かいこ》、蚕といえば絹でしょ？」

「でも……それなら今までもやっていたのではなくて？」

「そうだね。絹の反物《たんもの》としてならやっていたね」

「反物としては？　ということは加工品ね？」

「その通り！　さすがだね。それで今回紹介したいのが紅茶染めした絹のドレスなんだ」

「紅茶？　紅茶で絹が染まるの？」

「うん。自然な風合《ふうあ》いに染まるし、予想外のグラデーションが出て2つとして同じ染め上がりにはならない。そこがセールスポイントだね」

ケニーが熱く語るうちに、目当ての工房に到着した。

マリアンヌは侯爵夫人として挨拶したあと、早速アトリエに案内してもらった。

「仕立て上げたあとに染めるのね？　斬新《ざんしん》だわ」

「そうだろう？　後染め工法といってね。そこが一点ものだと言った理由だよ」

飲料用として新芽を摘んだあとの親葉を巨釜で煮出して、仕立て上がったドレスを裾《すそ》からゆっくりと浸けていく。

絹の生地が黒い液体を吸い込む。

純白のドレスに黒い液体が染《し》み込んで、裾からゆっくりブラウンに変化していった。

這《は》い上がるように染み込んでいく過程で、美しいグラデーションが形作られていく。

その工程を何度も繰り返すうちに、ベージュがブラウンになり、裾に行くほどダークブラウンになるのだ。

裾だけ染めたものや、袖《そで》も同じように染めたもの、絞り模様に全体を染めたものなどバリエーションは無限だった。

「すごいわね……、美しいわ。単色なのに単色ではない風合いだなんて！　斬新だわ」

マリアンヌは目を輝かせた。

オーガニックシルクの染色工程を目の当たりにして目を輝かせるマリアンヌに、優しい笑顔を向けながらケニーが言った。

「そうだろう？　それにね、少し染料を混ぜるといろいろな色にできるんだよ。染料もハーブを使うから風合いが優しいだろう？」

「さすがね。原料が紅茶というところがベラールの特産品としてふさわしいわ。オーガニックだということを前面に売り出せば、王都の貴婦人たちの話題になるわね」

「うん、僕もそう思うよ」

「ドレスだけでなく、いろいろな小物もできそうね？　扇子とか手袋とかバッグとか？」

「ああ、少しだけどサンプルも作っているんだ。あとで紹介するよ」

「あらあら、初日にして新商品の開発の目途が立ってしまったわ」

「それは何よりだ。ねえマリアンヌ。詳しい話は後日に回すとして、今日は夕食に招待したいのだけれど、どうかな？」

マリアンヌは執事長の顔を見た。

執事長はにっこりと微笑んで頷いた。

「お許しが出たわ。ドレスコードがあるようなお店なの？」

「いや、いたって庶民的な店だ。その方が僕たちらしいだろう？」

ケニーの商会に立ち寄って挨拶をしたあと、小物商品のサンプルを数点見学した。

工房のデザイナーも含めて意見交換をしたマリアンヌは、とても充実した時間に心から満足していた。

そのまま夕食会場に行くことになり、執事長も一緒にというケニーの言葉にマリアンヌは微笑んだ。

「ケニー、気を使ってくれてありがとう。一応私は人妻だし？　ここは侯爵家の領地だしね」

「当然だよ、マリアンヌ。君はくだらない邪推のせいでつらい幼少期を過ごしたんだ。君が疑われるようなことがあっては大変だからね」

マリアンヌは、友人という存在のありがたさをあらためて感じた。


夕食の席でマリアンヌは自分の結婚生活をありのまま話したが、執事長は止めることもなくニコニコとしているだけだった。

「それでマリアンヌはいいの？」

「ええ、むしろ理想的すぎて怖いくらいよ」

「ふぅん。君がそう言うなら僕は何も言わないよ。幸せなんだね？　それならよかったけど」

「ええ、とても充実した毎日よ。でもね、ケニー。私はまだ幸せってどういう状況を言うのか理解できないの。旦那様がいつもおっしゃる愛の素晴らしさも想像すらできない」

「うん。幸せなんて人それぞれだしね。愛について語りだしたら、それこそ説法のようなもので何時間話したって時間の無駄さ。君が楽しめているなら、それでいいんじゃないかな？」

相変わらずなマリアンヌに安心しながら、ケニーは友人の生活が安寧《あんねい》であることを祈らずにはいられなかった。

食後のお茶とデザートを楽しんでいた時、ワンド侯爵家の騎士が執事長にメモを渡すために入室してきた。

執事長はメモを読み、少し驚いた顔をしてからマリアンヌにメモを渡した。

「まあ！　これは朗報ね。でも少し時期が悪いかしら」

執事長とマリアンヌは顔を見合わせた。

「どうしたの？　まずいなら席を外そうか？」

「ケニー、ありがとう、大丈夫よ。旦那様の恋人様が妊娠したという知らせだったの。既定路線だからそのことはよいのだけれど、今から新商品を売り出そうという時だったから」

「ああ、そうかぁ。その2人を広告塔にするはずだったんだもんねぇ？　なるほど。でも方法はあるんじゃない？」

「例えば？」

「そうだな……。例えばコルセットを使わないデザインにして、妊婦でも楽に着られるドレスを考案するとか？」

「すごいわ、ケニー！　私は偽装妊婦にならなくちゃいけないから、そのドレスを着て夜会に顔を出せばいいわね。オーガニックというところがストロングポイントになるわ」

「ははは！　偽装妊婦だって？　なかなか大変な役回りだねぇ」

「そうでしょう？　私も頑張っているのよ。お腹にたくさん布を巻いて膨らませなくちゃいけないんだけど、今から寒くなる季節だしちょうどいいかも」

「ほんと君ってポジティブだよねぇ。尊敬するよ」

夕食を終え帰宅したマリアンヌは、早速侯爵宛てに新商品と今後の計画案についての手紙を書いた。

執事長にも見せて内容を確認してもらったあと、早馬で王都に送る。

返事はすぐに送られてきて、全て了承する旨と感謝の言葉が綴《つづ》られていた。

滞在期間中、マリアンヌはケニーと一緒に領地内をめぐり、問題点の洗い出しをしていった。

その結果、中心部では大きな問題はないものの、僻地《へきち》に行くといろいろと改善したい点が見つかった。

内容を整理し、社交シーズン終了後に侯爵が領地に戻るタイミングで着手できるようお膳立《ぜんだ》てをしていく。

出産は領地でするため、その間はマリアンヌも領地に滞在するらしい。

リリベルが回復するまでの半年は、一緒に改善に取り組めそうだとマリアンヌは思った。

5章　よくあるお話だったのですね

滞在予定期間を終え、ケニーに見送られて王都に戻ったマリアンヌは、リリベルのお腹が目立ち始めた頃合いで、紅茶染めの妊婦用ドレスを纏い、ルドルフにエスコートされて数回夜会に参加した。

オーガニックマタニティドレスは瞬く間に話題となり、若い貴婦人たちの間で大人気となって嬉しい悲鳴を上げるほどになった。

販売窓口は当然のごとくケニーのリッチモンド商会が担い、ワンド侯爵家の新たな特産品として、紅茶に並ぶ目玉商品となっていった。

社交シーズンが終わる頃には、リリベルは妊娠7カ月を迎えた。

大事をとってゆったりしたスケジュールで領地に向かう。

ルドルフは当然リリベルと行動を共にし、マリアンヌは残務処理を片づけてから一人遅れて密《ひそ》かに王都を出発した。

領地についたマリアンヌは、妊娠中の領主夫人の秘書という立場で活動した。

上品な侍女風のワンピースに黒く染めた髪。

そのスタイルは、ルドルフにもリリベルにもケニーにも大絶賛された。

オーガニックドレスの感想や要望をケニーに伝え、商品の改善に取り組み、子供用のドレスや扇子やバッグなどの充実したラインナップを開発していく。

侯爵家と共にリッチモンド商会も大きく売り上げを伸ばし、領地経営は安定していった。

ルドルフも重要な契約時などには顔を出しているが、基本的にはリリベルと過ごしている。

そうこうしているうちに、リリベルは臨月を迎えた。

「ではリリベル、行ってくるよ。ちゃんと大人しく、いい子にしているんだよ？」

ルドルフが、お腹の大きなリリベルの髪に口づけながら言う。

「ええ、でもそろそろかもしれないから、できるだけ早く帰ってきてね」

「もちろんさ。視察が終わったら飛んで帰るよ。そうだなぁ、3日くらいかな」

「分かったわ。マリアンヌ、ルドをよろしくね？」

「ええ、終わったらすぐに帰るからね」

その日はマリアンヌの提言により僻地の住民のために建設した学校の竣工《しゅんこう》式があり、どうしても領主であるルドルフが出席する必要があった。

マリアンヌはいつものように、出産間近の領主夫人の代わりに来た秘書として、髪を黒く染めて眼鏡をかけた変装姿で参加する。

変装した自分を鏡で見たマリアンヌは、いつも思っていた。

（私って意外と伯爵様に似てたのね）

この事業に多額の寄付をしたリッチモンド商会からは、ケニーが出席することになっている。

馬車の中でマリアンヌは、ルドルフと今後の領地経営についてじっくりと話し合った。

その様子は夫婦の会話というより経営会議のようだったが、マリアンヌにとってはとても満足できる時間だった。

新設した学校の関係者にルドルフを紹介し、竣工式を無事に見届けたマリアンヌはリリベルとの約束通り、パーティーはケニーに任せてすぐに出立した。

帰る途中、大雨で2日も宿屋に足止めをされていた時、リリベルが無事に出産したという知らせが届いた。

焦って馬を駆ろうとするルドルフを全員で止め、翌朝早く馬車で出発した。

「リリ！　ただいま！　立ち会えなくてごめん！」

「ルド！　お帰りなさい。あんなにひどい雨だもの、仕方がないわ。それより私たちのかわいい赤ちゃんを抱いてやって？　待望の男の子よ！」

「ああ、もちろんだ」

旅装のままリリベルの部屋に駆け込んだルドルフは、請われるままベビーベッドで眠る愛しい我が子を覗き込む。

オーガニックシルクに包まれて眠る、待望の我が子を抱きしめようとしたルドルフの手が一瞬止まった。

「リリ？」

「どうしたの、ルド。早く抱いてやって？　ああ、でも首が座ってないから頭を支えてね」

おどおどと我が子を抱き上げるルドルフの顔は、引き攣《つ》っていた。

「おめでとうございます。ご当主様」

執事長が声をかける。

「おめでとうございます。ルドルフ」

マリアンヌはそう言いながら、ルドルフが抱いている赤子をつま先立ちで覗き込んだ。

ルドルフに抱き上げられた赤子を見たマリアンヌは、小さなため息を吐いた。

(今のルドルフの顔って、初めて私を見た時のルーランド伯爵と同じなのでしょうね)

「かわいいでしょう？　ルド、早く名前を付けてやって……ルド？」

リリベルが不思議そうな顔で、戸惑うルドルフを見ている。

マリアンヌは初手を間違えると第二の自分を誕生させてしまうと思い、慌てて口を開いた。

「ホントにかわいい赤ちゃんだわ。目元がルドルフにそっくり！」

（少しわざとらしかったかしら……）

「そうでしょう？　私もそう思うの。ルドはどう思う？」

リリベルにはマリアンヌの焦りが伝わっていない。

「あ……ああ……そうかな……似てる？　かな？」

「まあルドったら！　照れてるの？　本当に愛おしい人。ねぇ、早く名前をお願いね」

「ああ、分かったよ……。私が名付けても……いいのかな？」

「ルド？　当たり前じゃないの。名付けは、お父さんの仕事でしょ？」

「そうか……お父さんのね……。少し時間をくれるかい？　それに……ああ、そうだ。長旅で汚れているからね。着替えてくるよ」

ルドルフはベビーベッドに赤ちゃんを戻して、ふらつきながら部屋を出た。

残されたマリアンヌは、リリベルにどう話すべきか考えた。

「どうしたのかしら、ルドったら。予想していた反応とは違っていたわ。ねえマリアンヌ、旅行中に何かあったの？」

マリアンヌは慌てて返事をする。

「いいえ、旅行中は何もなかったわ。ただ……」

「ただ？　なあに？」

「ごめんね、リリベル。大事なことだと思うからはっきり言うね。ルドルフは赤ちゃんの髪の色と目の色に戸惑っているんだと思う」

「色？　自分とは違うから？　そんなことで？」

「あるのよ。私がそうだったでしょ？」

「あっ！　……じゃあルドは私の不貞を疑った？　まさか！」

「それは本人じゃないと分からないけれど……その可能性は考慮すべきだと思う」

「マリアンヌ、それは考えすぎよ。だって私たちはこんなにも愛し合っているのよ？　それにあの人は片時も私の傍を離れなかったのよ？　不貞を犯す時間なんて、あるわけないじゃない！」

「そうよね。でもね、リリベル。これからどんなことがあっても心を強く持つのよ。私はそういう経験がないけれど、男の人って実際に妊娠するわけでも産むわけでもないから、見た目に惑わされるのかもしれない。私の父、ルーランド伯爵のようにね」

「そんな！　愛したことも愛されたこともないあなたに何が分かるっていうのよ！　妊娠したのはあなたではなく、私だわ！」

「そうね、その通りよ」

「あっ……ごめんなさい……マリアンヌ。違うの。ごめん……ごめんね」

「いいのよ、リリベル。私は可能性の話をしただけなの。私こそ体がつらい時にこんな言い方しかできなくて……ごめんね」

リリベルはベッドの上で顔を覆《おお》って泣き出した。

マリアンヌはその背中を優しく撫でた。

「夕食のあとに、私からも話してみるね」

泣きじゃくり肩を震わせるリリベルからの返事はない。

マリアンヌは静かに部屋を出た。


夕食の席には、ルドルフもリリベルも来なかった。

広く長いテーブルに一人で座るマリアンヌ。

「これは個別面談が必要な案件だわ」

黙々とステーキを頬張りながら、マリアンヌは鼻の穴を膨らませた。

ガシガシとステーキを切りながら、マリアンヌはふと考える。

そもそもなぜ親と違う色を持った子供が生まれるのだろうか、と。

リリベルの赤ちゃんと私の共通点から探れば、何か糸口が見つかるかもしれない……そう考えたマリアンヌは、最も信頼できる友人に手紙を書こうと決心した。

翌日の朝食の席には2人とも顔を出した。

早朝から、マリアンヌとマナーハウスの執事長であるマリウスが何度も誘った成果だ。

重苦しい沈黙の中、食器が触れ合う音だけが響く。

2人は会話もなく、目も合わせない。

マリアンヌは食器を下げさせて紅茶を頼んだ。

ゆっくりと香りを楽しんだあと、口をつけて唇を湿らせる。

カップをソーサーに戻して、大きく息を吸い込んだマリアンヌ。

「私のようなパターンは珍しいと思っておりましたが、よくある話だったのですね」

2人は驚いてマリアンヌを見た。

「私の髪色を、ルドルフは神様からの贈り物だと言ってくださいました。覚えておられます?」

「ああ、君を初めて見た時の言葉だね」

「ええ、ずっとこの髪と目の色のために幽霊として生きてきた私にとって、それはとても嬉しいお言葉だったのです」

「そうか、喜んでくれていたのか。君はなかなか表情が乏しいから、余計なことを言ってしまったのかと思っていた」

「私の表情が乏しいのは認めますわ。でもルドルフ、私がなぜ幽霊として存在せざるを得なかったのか……ルドルフはご存じなのでは？」

「それは……伯爵が自分の子ではないと……」

「そうです。母の不貞を疑ったのです。ルーランド伯爵は私のことを、どこかの馬の骨の子供と呼んでおられましたわ。私は一度も名前で呼ばれたことがございません」

「えっ！　そこまで？」

「ええ」

「それは……もし仮にそうだとしても、ひどい話だな」

「ええ。ルドルフはルーランド伯爵と面識はございますの？」

「一度だけかな。といっても挨拶を交わした程度で、あまり記憶にないのだが。伯爵は必要以外の夜会には出席しない人だったよね。あの時以外で出会ったことはないはずだ。君との婚姻は友人が持ってきた話だったし、そいつが仲介してくれて、話はすぐにまとまったから。それ以上会う必要もなかったしね」

「なるほど。では、伯爵ご夫妻の髪色とかは記憶にないのですね？」

「えっと……確か伯爵は私と同じだったような？　違う？　夫人は確か……金髪？」

「まあ！　素晴らしい記憶力ですわ！　たった一度挨拶を交わしただけなのに。さすがですわ。その金髪のご婦人は伯爵の後妻ですわね」

「ははは。人の顔と名前を覚えるのは、得意なんだ。でも申し訳ないが、夫人の顔は記憶にないな。伯爵夫人はどんな方だったの？」

「申し訳ございません。ルーランド伯爵夫人のお顔は存じ上げておりません。一度だけ遠目に垣間見たことがございますが、美しい金髪だったとしか分かりませんわ」

「会ったことないの？　そりゃ、なかなか壮絶だね。でも彼女は会いたがらなかったの？」

「ええ一度も。私を産んだ母は、ピンクブロンドのブルーアイでしたわ」

マリアンヌの言葉に、リリベルがハッと顔を上げた。

マリアンヌは2人をしっかり見つめ返しながら、敢えてもう一度言った。

「父親であるリック・ルーランド伯爵は黒髪で黒い瞳、母親であるハンナ・ルーランド前伯爵夫人はピンクブロンドのブルーアイですわ」

「私たちと同じ……」

「ええ、リリベル。あなた方と同じです」

マリアンヌは冷めてしまった紅茶をグイッと飲み干し、お代わりを頼んだ。

メイドが新しい紅茶を注ぎ終わるまで、３人は黙っていた。

リリベルが独り言のように言う。

「それでマリアンヌのお母様は不貞を疑われたのね……お可哀想に」

「ええ。でもまあ、うちの場合は父親であるルーランド伯爵が戦地に赴いて3カ月後に妊娠が分かり、帰る前に産まれたという最悪のパターンでしたから」

リリベルは小さくため息を吐いた。

「確かに最悪ね。でも、たったそれだけで不貞を疑うもの？　愛し合っていたのでしょう？信じられないわ！」

ルドルフが苦虫を噛みつぶしたような表情で、フイッと横を向いた。

「私が伯爵の腕に抱かれたのは、ご帰還になって初めて私を見た時だけですので、２人が本当に愛し合っていたかは判断いたしかねますが、家令やメイドたちの話では相思相愛だったそうですわ」

「お母様は、さぞおつらかったでしょうね」

「母がどう考えていたのか……でも私が生まれて1年と経たないうちに、現在の奥様との間にお子を授かっていらっしゃいますので、推して知るべしというところでしょうか」

「それはまた……」

「母はその原因となった私を遠ざけるようになり、伯爵は帰ってこず。そして伯爵は2人のお子に恵まれたのですわ。お2人とも伯爵そっくりの黒髪で黒曜石のような瞳だったと記憶しております。まあ、上の男の子は二度、下の女の子は一度だけチラッと見かけただけですので、お顔立ちまでは覚えておりません」

「伯爵が家を出られたの？　そうよね。妻妾《さいしょう》同居なんてあり得ないわよね」

ルドルフがボソッと言った。

「それを言うなら、うちは妻妾同居だと世間は思っているよ」

リリベルが唇を噛みしめた。

マリアンヌが淡々と続ける。

「リリベルの言う通り、同じ屋敷に母と伯爵ご一家が一緒に住むことはありませんでした。母が亡くなってから引っ越してこられたのです」

「じゃあ、マリアンヌは一緒に住んでいたの？」

「はい、半年だけですが。伯爵は屋敷を改装され、私のスペースとご一家のスペースを完全に分断されましたし、ご一家のどなたにも出会うことのないように厳命されました。そしてお子様たちには銀色の髪の子供を見たら、幽霊だからすぐに退治してやると教えておられましたわ。それがマリアンヌ幽霊説の真相ですの」

「ひどいわ！」

あまりの内容に侯爵はもちろん、リリベルも執事もメイドたちも驚いた。

「先ほどの妻妾同居という件ですが、私にはそういう認識はございません。あくまでもワンド侯爵が愛するのはリリベルただ一人。私は正妻という呼び名の秘書だと認識しております」

「でも……」

それ以上言葉にできず、リリベルが俯く。

「それで相違ございませんでしょう？　ルドルフ・ワンド侯爵様？」

名を呼ばれたルドルフの肩が、ビクッと跳ねた。

「あ、ああ……そうだね」

リリベルがつらそうに返事をしたルドルフの顔を上目遣いに見た。

ルドルフはリリベルの視線から逃げて、呟くように言った。

「マリアンヌの言わんとすることは理解したよ。確かにマリアンヌのケースと私たちのケースはとても共通点があるようだ。リリベル……君を疑ってしまったのは事実だ。本当に……申し訳なかった。しかし、私の気持ちも分かってほしい。少し時間をくれないか？　名前は既に考えてあるんだ」

「名前……。なに？」

「アランだよ。アラン・ワンドだ」

「アラン。素敵な名前ね」

「リリベル！　すまないが気持ちを整理する時間が欲しい。アランは私の子なのだろう？　それを納得する努力を……」

「努力ですって？　ルド！　あなたっ！」

立ち上がろうとするリリベルに、マリアンヌが走り寄った。

「リリベル！　落ち着いて」

「え？　ああ……そうだったわね。ありがとう、マリアンヌ」

リリベルの背中を撫でながら、マリアンヌは何事もないように言う。

「リリベルの体が回復するまでの間は、マナーハウスで過ごすのですから、お互いに気持ちよく暮らしましょうよ。リリベルは子育てがあるでしょうし、ルドルフと私は商品開発や学校建設などで多忙を極めるはずです。それぞれが為すべきことを為す。それだけでしょう？」

「分かった……」

「分かったわ……」

お互いに納得できなくても、他に手はないのだ。

それは2人とも分かっていたので、マリアンヌの提案を受け入れた。

侍従が来客を知らせるために、食堂に入ってきた。

絶妙なタイミングでの来客に、マリアンヌはホッと息を吐いた。

近くに控えていたメイドを呼び、リリベルを部屋に連れていかせる。

じっとテーブルを睨んでいるルドルフを促し、マリアンヌは応接室に移動した。

絶妙なタイミングで訪れたのは、マリアンヌが手紙で呼び出したリッチモンド商会のケニーだった。

顔を洗ってくるというルドルフを置いて先に応接室に入ったマリアンヌは、真面目な顔でケニーにサムズアップして見せた。

「？　何かあったのかな？　マリアンヌ？」

ケニーが、はてなマークを頭の上に並べながら聞く。

「まあね。侯爵様もすぐに来られるから、もう少し待ってくれる？　紅茶でいいかしら」

「ああ、いただくよ」

2人が雑談をしていると、ルドルフがどろんとした表情で入ってきた。

ケニーが立ち上がり、挨拶をする。

しかしルドルフは悲しそうに微笑んで、小さく会釈を返しただけだった。

気を取り直すように明るい声でケニーが言った。

「本日お伺いしたのは、ご嫡子《ちゃくし》ご誕生のお祝いを……ん？　何かな？　マリアンヌ」

マリアンヌが殺気だった目で睨んでいることに気付いたケニーが言い淀《よど》んだ。

すると、ルドルフがマリアンヌを見て薄く笑った。

「いいんだ、マリアンヌ。気を遣ってくれてありがとう。私もね、分かってはいるんだよ。分かってはいるが……なんと言うか、この辺りがモヤモヤしてね。リリベルには悪いのだけれど、どうしようもないんだ。この感情は」

ルドルフが胸の前に手を置いて、悲しそうな顔をした。

ケニーがマリアンヌの顔を見る。

マリアンヌはゆっくりと首を数回、横に振った。

「あの……出直した方がよさそうですね？」

ルドルフは慌てて否定する。

「いや、いいんだ。すまないね、君にまで気を遣わせてしまうなんて。どうか気にしないでくれたまえ。些細なことだから。それより仕事をせねば。そうだ、仕事をしよう！　仕事だ！」

えっと……ああ、お祝いを持ってきてくれたのかい？　ありがたくちょうだいするよ」

ルドルフの言葉に、ケニーはぎこちない動きで持参したプレゼントを渡す。

「ありがとう。父君にもよろしく伝えてほしい。ここで開けても？」

「もちろんです」

ルドルフがリボンを解いて蓋《ふた》を開けると、オーガニックシルクで作った上品なデザインのべビードレスが出てきた。

繊細なレースで縁取られ、少し青みがかった光を放つ美しい生地だ。

「ああ、美しいね。ありがとう。ベージュやブラウンだけじゃなく、色のバリエーションがあるのだね？」

「天然のハーブで作る染料を混ぜるとさまざまな色が出せます。しかし、どれをどのぐらい入れるとこの色になるという公式はなく、予想もつかない色が出るので面白いのです」

「予想もつかない色？」

「はい。煮出した紅茶を主原料とするのは基本ですが、例えばそこにベニバナから採った染料を入れると、濃いオレンジになるはずです。でもブルーになる。しかし次の日に同じ工程を行っても、今度は焦げ茶色になるのです。原因は分析中です」

「へぇ……そんなこともあるんだ。不思議だね」

「ええ、自然のものですので。ゴッズギフトと我々は呼んでいます」

「神からの贈り物か……今の私にはとてもつらい言葉だな……」

そう言うとルドルフはプレゼントをリリベルに届けるようメイドに持たせ、一つ大きく息を吐いてケニーに向き直った。

「そういうことなら、唯一無二のデザインというのが余計にセールスポイントになり得るね。

マリアンヌはどう思う？」

マリアンヌは何事もなかったように、ビジネスライクな表情で言った。

「ルドルフの言う通りだと思いますわ。買う側も実際の商品を見て色味を選びたいかもしれませんわね」

ケニーがポンと手を叩いて言った。

「そうですね。実物を見て買うというのはいいアイデアだと思います。既製品というのは貴族の方々にとってはワンランク落ちるという印象があるとは思いますが、ある程度デザイン変更できる仕様にすれば納得でしょうし、何より色を確認してから購入できるのは大きい」

マリアンヌが引き取った。

「フルオーダーメイドではなく、セミオーダーメイドね？　それならお客様のサイズにも合わせやすいし、とてもいいのではないかしら」

ケニーとマリアンヌは、ルドルフの顔を見た。

ルドルフはしばし黙って顎に手を当てていたが、ふと顔を上げて2人を交互に見た。

「うん。とてもいいね。それなら実店舗が必要だ。サイズのお直しも多少のデザイン変更もできるとなると……お針子《はりこ》たちも大量に雇用しないといけないな」

マリアンヌが少し考えてから口を開いた。

「できるだけ多くの街に店舗を展開したいですが、それぞれのお店でお針子を雇用するとなると、人件費増加の問題が発生しますわね」

ケニーが続けた。

「店舗は小さくても、目抜き通りに展開した方が話題になりやすいでしょう？　お直しは一カ所に集中すればいいのではないでしょうか。店舗には採寸と接客ができるスタッフを育成して配置しましょう。それぞれの店舗から送られてくる購入済み商品を、お直し専門の工房で一括作業するという方法です。輸送経費はかかりますが、お針子を各店で抱えるより安上がりですし、諸々の経費は商品代金に加算すれば実損はないですね」

ルドルフが前のめりで言った。

「すごいな！　さすがマリアンヌの親友というだけあるよ。素晴らしいプランだ。しかし、そのお直し専門工房で雇用するお針子となると、かなりの人数が必要だろ？　信頼できる管理監督者も必要だ。当てはあるのかい？」

ケニーはマリアンヌを見て、ウインクをして続けた。

「実は私の学院時代の同級であり、奥様の大親友でもある貴族令嬢が、軍服の縫製工場を立ち上げたのです。しかし軍服専門となると、需要のある季節が限定されますので、閑散期の仕事を探していると相談を受けていまして。そこと契約すれば、既にお針子もたくさんいますから専門のお直し工房として、すぐにも稼働できます。経営者の人柄は私が保証しますよ」

マリアンヌが立ち上がって叫ぶように言った。

「イリーナ！　イリーナ・ワイズね！　ああ、彼女なら安心して任せられるわ！　ルドルフ。彼女なら私も保証できますわ。とても素晴らしい方なの。学院時代に私を導いてくださって、勉学も教えてくださって。イリーナとケニーと一緒に仕事ができるなんて、夢のようだわ！」

ケニーはニコニコしていたが、ルドルフはマリアンヌのあまりの勢いに気圧《けお》された。

「マリアンヌ？　君ってそんな顔もできるのだねぇ。今とてもいい顔をしているよ。驚いた」

「あら、私としたことがお恥ずかしいですわ。でも、それほど喜んでしまうくらい素敵な先輩なのです。ぜひ、このお話を進めていただけませんか？」

「ああ、もちろん問題はないよ。というより、ぜひともお願いしたい。では早速だが、セミオーダーだったか？　そちらのベースデザインはマリアンヌとデザイナーに任せよう。ケニーは私と店舗探しだ。同時進行でお直し工房の件も進めたいな」

ケニーが立ち上がって、深々とお辞儀をした。

興奮を隠しきれないマリアンヌを、ニコニコと見ながらケニーが口を開く。

「畏まりました、侯爵様。それでは私は急いで先方と連絡を取りましょう。出店候補地は明日にでもご相談させてください」

「出店候補地か。そうなるとマーキュリーも噛ませた方がいいな」

ケニーがマリアンヌの顔を見て、小首を傾げた。

「マーキュリーというのは、侯爵家のタウンハウスで司書をやっている方なの。ルドルフと学園の同級生だった方で、なんと言うか……偏った専門職？」

ルドルフが笑いながら言った。

「マリアンヌ、頑張って取り繕う必要はないよ。ケニー、マーキュリーは私の親友でもあるんだが、一言で彼を表現するなら……知識欲と結婚した変態だ」

「知識欲と結婚？　それはまた……」

ケニーがちょっとだけ引いた。

「そう、知識欲の塊。こんなに美しいマリアンヌが毎日のように目の前で読書をしているというのに、爪の先ほども欲情しない。それなのに絶版の初版本を見ただけで顔を上気させて興奮するんだから、ただの変態だろ？　しかし、それだけに知識量はすごい。おそらくこちらの希望を言うだけで、最適地を即答するだろうね」

マリアンヌとルドルフは、顔を見合わせて笑った。

ケニーだけ少し置いていかれている格好だ。

「それでは候補地については、その方のお知恵に頼りましょう」

「そうだな。そうと決まれば、私は先にタウンハウスに戻った方がよさそうだ。マリアンヌ、リリベルのことは君に任せてもよいだろうか？」

「はい、畏まりましたわ。でも、ルドルフ。これだけは忘れないでくださいね？　リリベルを信じてください」

「あ……ああ、もちろんだ」

３人は立ち上がって、それぞれの仕事のために部屋を出た。

テキパキした動きで出かけていく３人を、リリベルは自室の窓から見ていた。

「やっぱり平民の私じゃ無理なのかな……」

リリベルはそっと呟いて、目を伏せた。


それから数日、ルドルフは着替えのためだけに屋敷に戻るが多忙を極め、リリベルとは一切顔を合わせなかった。

ルドルフは仕事に没頭しているだけで、リリベルを避けているわけではないとマリアンヌは何度も言ったが、リリベルの心にぽっかりと開いた穴は大きくなるばかりだった。

ルドルフはそのままタウンハウスに帰ることになり、その件をマリアンヌの口から聞いたリリベルは声を上げて泣いた。

マリアンヌとマナーハウスに残ったリリベルは、徐々に情緒不安定になっていく。

マリアンヌが仕事でいない日中は、メイドたちに当たり散らす日々だった。

リリベルはクタクタになって帰ってくるマリアンヌを捕まえては、ルドルフへの愚痴を言い続けた。

リリベルを雇い主の大切な人だと認識しているマリアンヌは、それに耐え続けた。

仕事として対応しているつもりのマリアンヌだったが、リリベルの中に自分の母親の影を見ていたのかもしれない。

しかし真摯に向き合う努力をすればするほど、睡眠時間は減っていく。

全てを肯定してはいけないし、全てを否定してもいけない。

メンタルヘルスカウンセラーのごとく、リリベルに寄り添い続けるマリアンヌ。

デザイナーと打ち合わせをし、ケニーと相談をする日々の中、カウンセリングの知識に関する本を読み漁り、リリベルの愚痴に付き合うマリアンヌ。

「まるで学生時代のような忙しさだわ」

そんなマリアンヌを心配して、ケニーは時々息抜きに連れ出していた。

「さあ、マリアンヌ。今日はちょっとリッチなレストランに行こう。君は相変わらず頑張りすぎだ。たまには着飾ってみてはいかがですか？　侯爵夫人」

そんなケニーの心遣いに癒《いや》されて、さらに頑張ってしまうマリアンヌ。

ついに数日寝込んでしまった。

さすがに寝込んでいる枕元にまでリリベルは来なかったが、代わりにメイドたちがかなりの被害を被《こうむ》った。

マリアンヌはケニーに頼んで、オーガニックシルクのポーチをお詫《わ》びとしてメイドたちに渡してもらった。

◆◇◆◇◆

忙しい日々は瞬く間に過ぎ去り、再び社交シーズンがやってくる。

リリベルの体は順調に回復し、馬車での長旅にも耐えられるほどになっていた。

昨年まではリリベルと愛し合うことだけに人生の全てを費やしていたルドルフは、仕事の面白さに目覚めたのか、あるいは逃げたのか、毎日忙しく営業活動に勤《いそ》しんでいた。

とはいえ、領地経営は相変わらず執事長とマリアンヌに任せており、当人はオーガニックドレスの店舗設営にのみ燃えている。

初めて馬車で旅をするアランとリリベルの体のこともあり、王都に戻る日程は余裕をもって組まれていた。

お直し工房の件も順調に進み、イリーナも交えて最終打ち合わせを行うために、ケニーも同行した王都への旅。

マリアンヌの奮闘のお陰で、リリベルの精神もかなり安定しており、今ではルドルフがどういう態度に出ようと言い返してやるという程度の強さを持っていた。

それはそれで心配だというマリアンヌと、もう放っておけというケニーは、同じような事例の家族を何組か探し出し、その共通点を探すという作業を密かに続けていた。

馬車に揺られながらも、アランを抱いてぐっすりと眠るリリベル。

幸せそうな寝顔の2人を見ながら、ケニーが口を開いた。

「結構少ないね。あれだけサンプリングしたのに。確率的には0・01パーセントぐらいだ」

「そうね……私とアランのケースだけで見ると、髪色に関しては黒と桃金が鍵だと思ったのに、意外といろいろな色が出てきたわね」

「でも全てのケースで桃金は絡んでいただろう？　そこから考えると桃金という色がどういった影響を与えるのか。そこが解明できればなあ」

「隔世遺伝なら説明もしやすいけど、先祖返りとなると調査対象は果てしないわ」

「うん、何代前まで調査するのかという問題は大きいね。貴族ならまだしも、僕たちのような平民では祖父母世代でも分からないというのが普通だろう？」

「そこよね……」

マリアンヌは壮大なため息を吐いた。

「それにしてもマリアンヌとアラン様のケースは本当に稀なのだと思う。しかも2人が同じ色を持っているなんてさあ。しかも偽装親子だぜ？　神の悪戯としか思えないよ」

「神の悪戯ね……本当にそうだわ。ルドルフはアランに本当のことを教えるのかしら」

「本当のこと？」

「ええ、産んだのはリリベルだけど、世間的には私が母親だってことよ。そして父親の正妻は私だけど、それは形だけで心から愛しているのはリリベルただ一人。だけどリリベルは身分の壁のせいで愛人という立場のままなんだって……複雑すぎるわ」

「しかも3人が同居してるって。本当にどうするんだろうね」

「どうするのかしらね」

マリアンヌとケニーがいろいろな話をする間も、緩《ゆる》まず馬車は進んだ。

イリーナの卒業後の暮らしぶりと、借金返済の進捗《しんちょく》のこと、オスカーが家業を継いで料理長として頑張っていること、ダニエルとララが婚約したことなどなど、マリアンヌが知らないことをケニーはたくさん話してくれる。

起きていれば仲間に加わるリリベルが、中でも一番喜んだ話題は学院生活の話だった。

「私って字も少ししか読めないし、書けないでしょう？　マリアンヌに教わったけど、地頭《じあたま》が悪いのね。全く頭に入ってこないの。ダンスやマナーはスルスルって覚えたのに」

ケニーが笑いながら否定した。

「地頭がどうこうっていうのは違うと思いますよ？　それに平民だからっていうのもね。それを言うなら私もララもオスカーも平民だし。結局のところ、ご自身がそこまで必要を感じていないのではないでしょうか？」

「あら、読めればいいなと思うし、手紙も書きたいと思うわよ？　それができないから、ルドからの連絡もマリアンヌ経由になっちゃうし」

「なるほど、確かに少々面倒ですね。それに書いてある内容によっては、さすがのマリアンヌも声に出して読みづらかったり？」

リリベルが少し悲しそうな顔で言った。

「そうね……1年前までならラブレターだったでしょうけれど、今は義務的に書いているとしか思えない内容ばかりよ。季節のこととか天気のこととか」

馬車の中の雰囲気が一気に沈む。

気を取り直すように、マリアンヌが口を開いた。

「そう言えば、ケニーがいろいろ調べてくれて、両親の色を持たない子供って思ったより多いって分かったのよ。その絶対的な条件が、どちらかがピンクブロンドということなの」

リリベルがコロッと笑顔を浮かべた。

「へぇ～そうなの？　マリアンヌのお母様も私と同じピンクブロンドって言ってたわね？　ねえ知ってる？　黒髪を脱色すると金髪になるのよ」

マリアンヌとケニーが同時に声を上げた。

「ホントに？」

「ええ、私の母は髪結《ゆ》いだったの。子供の頃に母の仕事場によく連れていかれていて、金髪に憧れたお嬢さん方が傷むのも承知で脱色していたのをよく見たわ。面白いでしょう？　脱色したら、白になりそうなものなのにね」

「てっきり白髪になるか、私のような銀髪かと思い込んでいたわ」

マリアンヌが顎に手を当てて、独り言のように言った。

ケニーも頷きながら言う。

「盲点だったな……ピンクブロンドが黒髪に与える影響か、またはその逆か……」

2人は頷き合っていた。

リリベルがそんな2人を見ながら口を開いた。

「ありがとうね、2人とも。でもね、私はもういいかなって思ってるわ」

「どういうこと？」

マリアンヌが慌てて聞いた。

少し悲しそうな顔で、リリベルはマリアンヌの顔を見た。

「うん、なんていうか……要するにあれだけ愛してるって毎日毎日毎日言ってたくせに、アランを見た瞬間に私の不貞を疑ったでしょう？　今さらどんな証拠を見せても一度心に巣くってしまった疑念は払拭《ふっしょく》できないと思うの。その消せない闇を隠して、納得したふりをし続けるかもしれないけれど……それは違うと思うのよ」

「リリベル？」

「あっ！　違うわよ？　別れるとかそういうことじゃないの。アランには侯爵家の跡継ぎとして苦労せずに裕福に育ってほしいもの。ルドは本心を隠し、私は子供のために見ないふりをする。そういうことよ」

「耐えられるの？」

「大丈夫よ。母は強しって言うでしょう？　私も母になったのね。貴族の中では当たり前なのでしょう？　政略結婚って言うんだっけ？　まあ、私の場合は愛人だけど。ん？　愛されてなくても愛人って言うの？　でも恋人ではないし……私ってなんなのかしら」

再び馬車の中に、暗い空気が流れた。

ケニーが優しい声で言う。

「リリベル様がそう決心されたのなら、マリアンヌも私も協力するだけですよ。確かに子供のことを考えたら、絶対に侯爵家の嫡男でいる方がいい。そう思わない？　マリアンヌ」

「そうね。私もそう思うわ。それに私がルドルフの正妻というお仕事を続ける限り、アランを幽霊になんて絶対にしないわ！」

馬車の揺れで起きてしまったアランを抱き寄せながら、リリベルが2人に礼を言った。

そんな旅を続け、馬車は無事に侯爵家タウンハウスに到着した。

執事長をはじめ、使用人たちが並んで一行を出迎えた。

「お帰りなさいませ、奥様、リリベル様。それに、ようこそおいでくださいました、リッチモンド商会サブマスター様」

「ただいま。長い間留守にしていて悪かったわね。お陰様で概ね順調よ。リリベルもアランも、そして私もね」

マリアンヌがにこやかに言った。

執事長が使用人たちに合図して持ち場に戻し、マリアンヌに近寄って小さい声で言った。

「ご主人様は出張中でございます。リリベル様には私から申しましょうか？」

「そうね、淡々と出張中という事実だけ伝えてちょうだい。それとケニーには当面ここに滞在してもらうわ。お部屋の用意は大丈夫？」

「大切なリッチモンド商会からのお客様ですからね、３階南の客間をご用意しております」

「それでいいわ。２階は今まで通りお２人だけのスペースにしてちょうだい。ああ、でもアランのベッドはリリベルの部屋？　それとも別にするの？」

「ご主人様よりリリベル様のお部屋に用意するようにと」

「そう。それでいいわ」


それからルドルフが帰るまでの間、３人はそれぞれに日々を過ごし、旅の疲れを癒した。

マリアンヌは久しぶりに図書室に行き、ケニーは関係のある商会の伝手《つて》を使って販路拡大の交渉をしていった。

リリベルはアランにべったりで、１日のほとんどを自室で過ごしている。

３人が顔を合わせるのは、夕食の時間ぐらいだ。

「奥様、ご主人様のお帰りです」

「まあ、やっとお顔が拝見できるのね。リリベルには伝えたかしら？」

「ただいま、侍女がお伝えしているところです」

「そう、ではお出迎えに行きましょうか」

マリアンヌは玄関に向かう。

途中リリベルを誘ったが、アランが泣いているので部屋にいるという返答だった。

「帰ったよ、マリアンヌ。長い間ご苦労だったね」

「お帰りなさい、ルドルフ。そしてただいま帰りました」

「ああ、君の元気な顔を見たら疲れも吹っ飛ぶよ。それで？　ケニーも同行したのだろう？」

「ええ、ケニーは商談に走り回っていますわ。リリベルはお部屋でご子息とお待ちです」

「あ、ああ、そうだね。リリベルとアランの顔を見に行こう。マリアンヌも一緒に来てくれないかな」

「一緒にでございますか？」

「うん。ほら、初手で間違っちゃったでしょ？　ちょっと気まずくてね」

「なるほど。分かりました、ご一緒いたしますわ」

「ありがとう、助かるよ。リリベルもアランも無事に到着してよかった」

「ええ、リリベルは短期間で体型も元通りになって。ルドルフの大好きなリリベルのままですわ」

「ああ、そうか……それは……何よりだね」

マリアンヌをエスコートしながら階段を上がるルドルフの笑顔は、ぎこちなかった。

マリアンヌの後ろに隠れるように、リリベルの部屋に入るルドルフ。

照れているのかしら？　とマリアンヌは思ったが口には出さなかった。

そんな2人の姿を見たリリベルが、少し皮肉っぽい笑顔で言う。

「まあ！　ルドルフ、お久しぶりね。アランも私も無事に戻ってきたわ。お仕事で忙しいって聞いたけど？　元気そうじゃない」

「あ……ああ、久しぶりだね。君こそ元気そうでよかったよ」

しばし沈黙が流れる。

1年前の目が合えばところ構わず抱擁していた2人も鬱陶しかったが、今よりマシだとマリアンヌは思った。

「ルドルフ、アランも元気に育っていますよ？」

マリアンヌが気を利かせて言った。

「そうか、アランも元気か。それはよかった」

「抱いてあげてください」

マリアンヌの言葉に戸惑うルドルフ。

「あ……いや、今は帰ったばかりで埃だらけだし、汚してはいけないから止めておこう」

その言葉を聞いたリリベルが、ふっと視線を逸らした。

（まずい！）

マリアンヌはそう思ったが、あえて深追いはしなかった。

「では、食事のあとにでもゆっくりと」

「そうだね。では、のちほど」

そそくさとルドルフが部屋を出た。

リリベルはルドルフが去った扉を睨みつけながら、マリアンヌに強い口調で言う。

「あれってどういう意味なの！」

マリアンヌが困った顔で、リリベルを見た。

「アランのことよ！　アランも元気でよかったねって！　どういう意味！」

マリアンヌが慌てて言う。

「リリベルが頑張ったお陰でアランも元気だから……リリベルによかったねって……」

「そうかしら？　まるで他人事《たにんごと》じゃないの！　それに抱いてもやらないなんて」

「それは産着を汚さないという……配慮？」

「違うと思うわ」

「そうかしら……」

泣き出したリリベルの背中を何度か摩《さす》り、マリアンヌは部屋を出た。

自室に戻ろうと階段に向かって歩き出した時、ルドルフが声をかけてきた。

「マリアンヌ！　ちょっといいだろうか」

「はい、なんでしょうか？」

「君の部屋に行っても？　それとも図書室にする？」

「部屋は片づいていませんので、図書室で」

2人は並んで階段を上がった。

図書室の重い扉を開けると、司書のマーキュリーがソファーを勧めてくれた。

「お話をお伺いいたしますわ」

「ああ、先ほどのリリベルだけど。あれは、どういう意味だったのだろうか？」

「あれとは？」

「仕事が忙しいとかなんとか言ってたでしょ？　あれは嫌味かな」

「リリベルにそんな裏はないと思いますわ。たぶん言葉の通りだと」

「私が仕事で忙しいことが、そんなに面白くないのかね。しかも元気そうじゃない？　だなんてさあ……ひどいよ」

「困りましたわね……そこまで深読みする必要はないと思いますが。リリベルは仕事で飛び回っているルドルフを心配していたのだと思います。実際に見たら自分が思っていたより元気そうだったと感じたから、そう言った。それだけではありませんの？」

「そうだろうか？　違うような気がする……」

困ったマリアンヌは、マーキュリーの顔を見た。

マーキュリーは何も言わず、肩を竦めて顔を横に振るだけだ。

図書室に流れる重苦しい空気の中、マリアンヌはルドルフに言った。

「夕食の時にお話ししましょう。少しずつ誤解があるようですわ」

マリアンヌは項垂《うなだ》れるルドルフの背中を何度か摩って、自室に戻った。

ベッドに上がって大の字になったマリアンヌは独り言を吐いた。

「めんどくさいわ」

そんなことを思いながら、少しうとうとしていたマリアンヌをメイドが呼びに来た。

「ご夕食のご用意が整いました」

「ありがとう。すぐに支度をして行きます」

「あの……ご主人様はどちらでしょうか？」

「あら？　執務室ではないの？　では、まだ図書室かしら？　私が伝えるから、あなたはお仕事に戻ってもよくってよ」

メイドはホッとした顔をして下がっていった。

マリアンヌは簡単なワンピースに着替えて、図書室に向かう。

「マーキュリー？　ルドルフはいる？」

書架の横から顔を出したマーキュリーが、ソファーを指さした。

「寝てるよ。あれからずっと。ふて寝してる」

マリアンヌは小さくため息を吐いて、ソファーに向かった。

「ルドルフ？　そろそろお夕食だそうです。ご一緒しましょう？」

ルドルフがゆっくりと目を開けた。

「ああ、マリアンヌか。夕食はいらないよ。今夜はマーキュリーと飲みに行く」

「あら、そうですの？」

「うん。新店舗の場所のことでいろいろ聞きたいし、ケニーにも紹介したいからね。ケニーが戻ったらすぐ出るよ」

「そうですか……。リリベルには？」

「マリアンヌが伝えておいてよ」

「畏まりました。それではお気を付けて」

マーキュリーの顔を見たが、苦い顔をするだけだった。

仕方なくリリベルにその旨を伝えるべく2階に向かったマリアンヌは、メイドに声をかけられた。

「奥様、リリベル様が夕食は部屋でとるとおっしゃって……」

(あらあら、気の合うカップルですこと)

「体調が？　それともアラン？」

「アラン様がぐずっておられるせいだと思いますが……」

「どうしたの？」

「あの……リリベル様のご機嫌が……」

「はぁぁぁぁ……分かりました。ルドルフも夕食はいらないそうだから、厨房に伝えてくれる？　リリベルには私が話してみましょう」

メイドは一礼して去っていった。

リリベルの部屋の前に来たマリアンヌは、陶器が割れる音に驚いた。

ノックもせず慌ててドアを開けると、割れた花瓶が壁の前に転がっている。

「リリベル！　どうしたの！　怪我は？　怪我はない？」

鬼のような顔をしたリリベルが、ゆっくりとマリアンヌを見た。

「マリアンヌ……あの人は？」

「ルドルフ？　今日は商用で出かけるみたいよ？　それより早く花瓶を片づけないと。メイドを呼ぶから動いてはダメよ」

「どうでもいいわ……もう本当にどうでもいい」

リリベルの呟きは耳に入ったが、今はメイドを呼んで掃除をさせることが先決だった。

廊下に出たマリアンヌは、階下に向かって掃除するよう大声で指示を出す。

メイドが数名、掃除道具を持って走ってきた。

リリベルの部屋の前でおろおろするマリアンヌの背中に、ルドルフの声が降ってきた。

「何事かな？　何か大きな音がしたけれど」

「ああ、なんでもありませんわ。もうお出かけですの？」

「うん、そろそろね。マーキュリーと一緒に執務室でケニーを待とうと思って」

ルドルフの言葉を遮るように悲鳴が聞こえた。

マリアンヌが慌ててリリベルの部屋に戻ると、メイドの胸ぐらを掴んで頬を叩こうとしていたリリベルの姿が飛び込んできた。

「リリベル！」

マリアンヌが駆け寄った。

リリベルが目に涙をいっぱい浮かべて、悔しそうに言った。

「このメイドが物に当たり散らすなんて最低だと言ったわ！」

既に一発平手打ちを喰らったメイドの頬が痛々しい。

マリアンヌはリリベルの手首を掴んで、メイドを引きはがした。

ルドルフが扉の外から声をかけた。

「マリアンヌ、何があったの」

「(見りゃ分かるだろう?) ええ、ちょっとした行き違いですわ」

その会話を聞いていたリリベルが、わなわなと震えながら声を上げた。

「マリアンヌ、このメイドをクビにするよう、あの人に言ってよ！」

「(自分で言えよ) リリベル、少し落ち着いて？」

むっとしながらルドルフが言う。

「マリアンヌ！　何があったか知らないが、そんなに簡単に使用人をクビになどできないと伝えておいてくれ！」

「(だから自分で言いなさいよ！) 承知いたしました」

ルドルフはどたどたと足音を響かせながら階段を降りて行った。

マリアンヌは額に手を当てながら、小さくため息を吐いた。

「なんなの？　なんなのよ、あの態度は！　マリアンヌ！　どういうこと？」

「（知らんがな！）明日にでもお話してみるわ。リリベル、アランを連れて食堂で夕食をとりましょう。その間に部屋を掃除させるわ」

リリベルは小さく頷いて、どろどろと扉に向かった。

マリアンヌはアランを抱き上げ、蹲《うずくま》っていたメイドに治療を促し、待機している侍従にベビーベッドを運ぶよう指示してからリリベルを追った。


それからの数カ月間、同じようなことが繰り返された。

故意か偶然か、見事なほどすれ違うかつての相思相愛カップルに、マリアンヌはもちろん、使用人たちも戸惑っていた。

最初のひと月はお互いに気まずそうな雰囲気を醸《かも》していたが、今では何食わぬ顔で無視することもあるほど拗《こじ》れてしまっている。

仕事の面白さに目覚めたとはいえ、ルドルフの出張が増えた理由は推《お》して知るべしというところだ。

「困ったわね。一番の被害者はアランだわ」

執務机に座るマリアンヌの言葉に、執事長のロバートが頷いた。

「由緒あるワンド侯爵家のご嫡男であらせられるアラン様の出自を、ご当主本人が疑われるとは……前途多難ですな」

「本当にね。でもアランってルドルフに似てると思わない？」

「ええ、本当に似ておられます。笑ったお顔などご主人様に生き写しですな」

「でも、ルドルフは認めないのよね」

「というより、アラン様のお顔をまともに見てはおられませんな」

「赤ちゃんの髪を染めるわけにもいかないし……」

「対外的に申せば、奥様のお色だったことは僥倖《ぎょうこう》なのですけれどね」

「ああ、確かにそうね。でもそれで2人の仲が壊れたのでは、私が嫁いできた意味がないわ」

「何をおっしゃいますやら！　ワンド侯爵家が上手く回っているのも、ご主人様がお仕事に目覚められたのも、全て奥様のお力ですよ？」

「仕事に関してはそうね。それだけはよかったけれど、夜会も仕事仲間の3人で行っちゃうし。リリベルが可哀想」

「ああ、ケニー殿とイリーナ様ですね？　ケニー殿はもちろんですが、イリーナ様も素晴らしい手腕をお持ちだと、ご主人様が大絶賛されておりました」

「ええ、イリーナは本当に素晴らしい女性よ。決断力もあるし、社交術も一級品だし。ケニーがやり手と認める数少ない人だもの。彼女が縫製工房を立ち上げていなければ、今のワンド侯爵家の繁栄はなかったわ」

「その通りでございます。しかし、それも奥様がケニー殿とイリーナ様のご学友だったご縁です。やはり奥様のお陰でございますよ」

「ありがとう。それにしても、リリベルはなぜアランにあまり関わろうとしないのかしら？」

「おそらくそれが、愛人という立場を甘受されたリリベル様の覚悟でございましょう」

「覚悟？」

「はい。アラン様は当家のご嫡男でございます。しかしリリベル様を母親だと認めると妾腹《しょうふく》となりますからな。継承権は消滅いたします。リリベル様はご主人とご自身の子供を、次期当主にするために覚悟を決められたのだと思います」

「なるほど、覚悟ねぇ。では私も覚悟を決めなくてはいけないということね？」

「左様でございます」

2人が遠い目をして窓の外を見ていた時、廊下からメイドたちの声が聞こえてきた。

仕事中の噂話を注意しようと振り返ったロバートを、マリアンヌが止めた。

口の前で人差し指を立て気配を消す2人。

「そうそう、昨日も呼んでおられたわ」

「また宝石商でしょう？　最近はドレスには見向きもされないわね。宝石ばかり買って」

「夜会に同伴されないのだもの。新しいドレスはいらないでしょう？　それにしても、一体どれくらい使っているのかしら。ご主人様も奥様もよく文句を言われないものだわ」

「それなんだけど、出ていく準備なんじゃないかって噂を聞いたわ」

「出ていく？」

「金目のものを持って出ていく準備だってことよ」

「まさか！　あの人って一生愛人でいいからって、ここに住んでるんでしょう？」

「でも、すっかり冷めちゃってるじゃない」

「だとしたら……アラン様は？」

「そりゃ置いていくに決まってるわよ。まだ若いもの、次の男を見つけるには邪魔だわ。それにアラン様がいれば、侯爵家との縁は切れないでしょう？」

「なんだかなぁ～。いちゃいちゃされるのもウザかったけど、今の状況って……なんと言うか……痛いのよね」

「うんうん、痛いよね。分かるぅぅ～」

「でもさ、出ていくならやっぱりあの方とじゃない？」

「きゃぁぁぁ〜！　あれって本当なの？」

マリアンヌとロバートが顔を見合わせた。

メイドたちは、おしゃべりの花を咲かせ続ける。

「司書の方でしょ？　ヘッセ様。だってリリベル様って字も読めないのに、このところいつも図書室にいるじゃない？　怪しいわよね」

「あの方って伯爵家の三男でしょ？　爵位は継げないから、いずれ平民になるってこと？」

「それにしてもリリベル様の好みって分かりやすいわよね〜。ヘッセ様も黒髪黒瞳、ご主人様と同い年だし見た目も雰囲気もよく似てるし」

「きゃははは〜。美人は得よね〜。見初《みそ》めた男は必ず落とせるんだもの」

「ホントホント〜」

声が遠ざかっていく。

マリアンヌはどっと疲れを感じた。

「のちほどきつく言っておきますので」

「ああ……そうね。まあ、ほどほどに。それにしても信憑性《しんぴょうせい》はあるのかしら」

「メイドの戯言《ざれごと》でしょう。どうかお気になさらず」

「でも、もしリリベルがここを出たいと思っているなら……」

「お止めになりますか？」

「どうすればいいのかしら」

「私も気にしておきますので。それより奥様、ケニー殿からの手紙はどのような？」

「ああ、そうなのよ！　それを相談しようと思って来てもらったのに」

マリアンヌは机の引き出しを開けて、今朝届いたケニーからの手紙をロバートに見せた。

内容は新しい商品の提案で、今度は薬草の栽培と薬膳食はどうかと書いてある。

このところ王都では胃痛を訴える患者が多く、薬草が不足しているところに目を付けたのだろう。

既に数年前から栽培を始めており、すぐにでも商品化できるとのことだ。

「素晴らしい提案ではありませんか？　薬草を使った料理とは……ケニー殿は多才ですな」

「そうでしょう？　心から尊敬できる方よ。着眼点が素晴らしいわよね。きっとオスカーを巻き込むつもりだわ」

「その方も、ご学友ですか？」

「ええ。ケニーは社交的だけれど、心から信頼した人間でなければ組まないわ。オスカーも数少ないその一人ね」

「それなら大船に乗ったようなものですな」

「そうね、信頼できるわ。でも、そうなると忙しくなるわ。オーガニックドレスのショップはルドルフに任せることになるから、私が動かなくては」

「それこそ奥様のご希望通りではありませんか」

「そうだけど……アランが可哀想だわ」

「お連れになってはいかがです？　専用のメイドと護衛をご用意いたします」

「リリベルが許すかしら？」

「おそらく」

執事長はすました顔で頷いた。


夜遅くに帰ってきたルドルフにケニーからの提案を相談したところ、すぐに進めようということになった。

「それとアランのことですが、ずっとメイドたちに世話をさせるのもどうかと思いますの」

「リリベルは面倒を見ないのかい？」

「ええ、あまり関わらないようにしているみたいですわ」

「なぜ？」

「よく分からないですが、ロバートが言うには、それが愛人としての覚悟だろうと」

「ははっ！　素晴らしい覚悟だね。立派なものだ。要するにマリアンヌの子供として育てろということだろう？　自分は関わりたくないとはね！　女性って強いんだねぇ。それとも子連れじゃ次の男のところに行きにくいのかな？」

ルドルフの言葉にマリアンヌは冷静さを失い、口調が乱れたことにも気付かない。

「ルドルフ！　それはあんまりよ！　ひどすぎるわ！　アランの顔をまともに見たことがあって？　あなたにそっくりなのよ？　なぜ、そんなことが言えるの！　それを言っては、おしまいよ！」

「はっ！　マリアンヌだって気付いているのだろう？　リリベルが宝石を買い漁っていることを！　出ていく準備だって専《もっぱ》らの噂じゃないか！　黙って見逃してやっているこちらの度量を褒めてもらいたいくらいだ」

「ルドルフ……」

「君の父親と違って、私は他の女性に逃げたりはしていない！　それとも君はアランを見ていると、子供の頃の自分を見るような気分になるのかな？　でも、それは違うよ。君は独りぼっちだった。でもあの子は違う。君はこの家の女主人だ。君があの子を捨てない限り、居場所は確保できるじゃないか！」

「居場所より、親の愛が必要よ」

「君が愛してやってくれよ……私は、私は……」

ルドルフは両手で顔を覆い、肩を震わせた。

マリアンヌはルドルフの隣に移動して、彼の肩をそっと抱いた。

「ねえ、ルドルフ。あなたはまだリリベルを愛しているのでしょう？　あの頃のように駆け寄って抱きしめて、ごめんねって言うだけでいいと思うのだけれど」

「ああ、愛しているさ……だからこそ疑ってしまったんだ。苦しいよ。つらいんだ。この胸を引き裂いて心臓を取り出して、ズタズタにしたいほどにね。駆け寄って抱きしめろ？　何度もチャレンジしたさ。でもね、できないんだ……なぜだろうね……。ごめんねって言えば修復できる時期は、もうとっくに過ぎ去ったんだよ」

「諦めるの？　あんなに好きだったじゃない。私を嫁がせてまで守ろうとしたのでしょう？それとも私が来たことがいけなかったのかしら」

「それは違うよ。マリアンヌがいてくれたから！　君がいなきゃダメだ……ごめん……ホントにごめん……君の人生を……」

「私は幸せよ？　望んだ通りの毎日だわ。だから、あなたにも幸せになってほしい。リリベルなしで幸せになれるの？」

「リリベルは……もう私を愛してはいない。彼女はとても強い心を持っている人だから、私があの子を……アランのことを疑ったあの日から……もう私への愛はないよ」

「どうにもならないの？」

「ああ、それにリリベルには次の恋人がいるみたいだし。彼女を疑い傷つけた私にできることは、リリベルの幸せを邪魔しないことだけだろ？　だからなるべく家にいないようにして、出ていきやすいようにしてるんだ」

「マーキュリーのこと？」

「え？　護衛騎士のハンセンだろう？」

「そうなの？」

「君はマーキュリーって聞いたの？」

「ええ、彼らしくないとは思ったけど」

「うん。マーキュリーは違うと思うよ？　リリベルとそんな仲になった時点で、私に告白していると思う。あいつはそんな奴だ」

「そうね、彼ならきっとそうだと思うわ。じゃあ、ハンセン？」

「私の情報ではそうだね」

「なんだか切ないわね」

「ああ、そうだね……。マリアンヌ、一つ確認したいんだが」

「何かしら？」

「もしもリリベルが出ていっても、ここにいてくれるんだろう？　もうこの家は……いや、私自身だな。君がいないとダメになってしまう。だから……」

「契約内容の変更ということかしら？　お伺いいたしますわ」

マリアンヌはキリッとビジネスライクな表情を浮かべ、姿勢を正した。

スッと雰囲気が変わったマリアンヌの顔を見て、ルドルフが笑い声を上げる。

「さすがだ！　マリアンヌ。君はぶれないねぇ！　ああ、大好きだよ！　そんな君にどれだけ救われるか！　ははは！　マリアンヌ、君は最高だ」

突然の絶賛の嵐に、戸惑うマリアンヌ。

そんな会話が交わされる部屋の外に、リリベルがいたことに2人は気付いていない。

6章　マリアンヌとルドルフの日常

朝一番でケニーに返事を書いたマリアンヌのもとに、リリベルから呼び出しがかかった。

メイドにお茶の準備を頼んだマリアンヌは、急いでリリベルの部屋に向かう。

「どうしたの？　リリベル」

久しぶりに入ったリリベルの部屋は、寒々しい空気が流れていた。

「マリアンヌ……忙しいのにごめんね。ちょっと相談があったの」

リリベルはアランを抱き上げて、マリアンヌに渡した。

アランを抱いたままソファーに座ったマリアンヌの正面に移動したリリベルは、少し迷った様子を見せたが、意を決したように口を開いた。

「そうやっていると、本当に親子にしか見えないわ。ところでマリアンヌ、あなたルドルフを愛してるの？」

「いいえ？」

即答するマリアンヌに、リリベルの肩がビクッと揺れた。

「昨日聞いてしまったのよ？　ルドルフがあなたのこと、大好きだって……最高だって言ってたじゃない」

「ああ、聞いていたの。でも意味が違うわよ？」

「言い訳は結構よ。それならそれでいいの。踏ん切りがついたわ」

「リリベル？」

「もういいの。それに、私はもうルドルフを愛していない」

「愛してない？　本当に？　本当にそれでいいの？」

「ええ、それに私……一緒に逃げようって言ってくれている人もいるし」

「リリベル？　私に言わせれば最悪の選択だわ。ルドルフが昨日言ったのは、ビジネスパートナーとしてってことよ。それは私がここに来た当初と何も変わっていないのよ」

「そう？　でもね、マリアンヌ。私はそれすらも信じられないほど心が枯れてしまったわ。もう疲れたの……もう死にたいくらいに疲れ果てたのよ」

「死にたいって……ダメよ！　それだけは絶対にダメ！　なんの解決にもならないわ！」

「そうよね、だから……出ていきたいの。もうルドルフとは別れたいのよ」

「ルドルフが悲しむわ！　それにアランはどうするの」

「ルドルフは……そうね、きっと悲しむわ。でも同時に安心すると思う。あの人の心の中は愛憎でぐちゃぐちゃだから。私は幸せになりたい。ルドルフにも幸せになってほしいの。彼の心を穏やかにしてあげたいのよ」

「私には理解できないわ」

「そうでしょうね。言葉は悪いけど、命を懸けて誰かを愛したことがないあなたには理解できないと思う。ごめんね？　言葉がきつくて。でも本当のことよ？」

「そう言うなら……。命を懸けて愛したルドルフを捨てるの？　それでいいの？」

「いいのよ。私たちはもう別れた方がお互いのためなの。愛した欠片《かけら》が残っているうちに離れないとね。これ以上一緒にいたら傷つけ合うだけなの。お互いに苦しむだけよ」

「アランは？　あの子はどうするつもりなの？」

「あの子はとてもルドルフに似てる。だって間違いなく、ルドルフの子供なんだもの。もう少し大きくなれば誰が見ても分かるようになるわ。それまで我慢しようって思っていたけど、もう無理みたい。だからマリアンヌ、あなたが育ててちょうだい。あなたはルドルフを愛していないと言ったわね？　だったら仕事として。私からの最後のお願いよ。侯爵家の嫡子として育ててやって」

「そんな……」

「当初の契約通りでしょう？　私がいなくなるだけ。もしもこの先、あなたとルドルフの間に愛が芽生えて子供ができたら連絡して？　アランは喜んで私が引き取るわ」

「本当にそれを望んでいるの？　リリベル」

「ええ、そうしたいの。死ぬよりマシでしょう？」

「……死ぬよりマシ。そう、ね」

リリベルは悲しそうに笑った。

マリアンヌはリリベルの顔を見つめ続けていたが、大きな息を吸って口を開いた。

「分かったわ、リリベル。協力しましょう。家は？　どこに住むつもりなの？」

「ありがとう、マリアンヌ。王都では私の顔は売れちゃってるから、どこか遠い街に行くしかないって思ってる」

「当てはあるの？」

「ないわ。彼と相談してみるけど」

「彼って？　誰なの？」

「ルドルフの情報が正解。ハンセンよ」

「いつの間に？」

「あなたたちが寝る間も惜しんでお仕事をしている間に」

プッとマリアンヌは吹き出してしまった。

リリベルも釣られて笑う。

マリアンヌはリリベルの笑顔を久しぶりに見たと思った。

「行く当てがないなら、アーラン州はどう？　知り合いがいるから紹介できるわよ」

「アーラン州？　それってどこなの？」

「王都から馬車で3日ほどの港町。私が卒業した学院があるの」

「へぇ～、あなたを育てた街かぁ。興味あるわね。それに馬車で3日なら知っている人も少ないでしょうし」

「ダニエル・ブロワーっていう地方貴族で、確か子爵だったかしら？　の息子がいるから、護衛騎士のハンセンなら職を探してもらえるし、リリベルが働けそうな食堂なんかもたくさんあるの」

「助かるわ！　ぜひお願い」

「うん。分かったわ。でも本当にいいのね？」

「これでいいのよ。楽しかったわぁ～。あなたが来てから4年かしら？　2人だけの時も楽しかったけれど、あなたが来てくれてからも、とても楽しかった。ありがとうね、マリアンヌ」

「幸せを掴んでね、リリベル」

「あなたもね、マリアンヌ」

「私は……まだ幸せってよく分からないから」

「今は不幸かしら？　楽しくない？　つらいことばかり？」

「そうじゃなくて、誰かを愛するとか？　そういうこと」

「ああ、それはそのうち分かる時が来るわよ。その相手がルドルフかもしれないし、そうじゃないかもしれない。楽しみね」

「恋って楽しいの？」

「恋は楽しいけれど、基本的にはつらいわね」

「つらいの？　じゃあ、なぜ恋なんてするの？」

「恋はするものじゃなくて、落ちるものよ。だから自分ではコントロールできないの。私とルドなんて目が合った瞬間に落ちたわよ？　お互いにこの人だって思った。まあ幻だったけれど、それはそれでいい時間だったわ。私にとっては、もう思い出になっちゃった」

「そう？　やっぱりよく分からないわ」

「そのうちよ、そのうち。恋したら教えてね」

「うん。分かった」

マリアンヌはその日のうちに、ダニエルとララに手紙を出した。

数日後には返事が到着し、試験を受けるなら騎士としてハンセンを雇用すると書いてある。家も用意しておくとのことで、それを聞いたリリベルはマリアンヌに抱きついた。

それから数日後、ルドルフの執務室をマリアンヌが訪れた。

「明日、リリベルがここを出ます」

リリベルには内緒にしてくれと言われたが、マリアンヌはルドルフに本当のことを告げた。

「そうか……。やっと決心したか」

「ええ、早朝には出るみたいですわ」

「金は？　持っているのかい？」

「渡しました。遠慮していたけど無理やり押し付けました。私の個人資産から出していますので、怒らないでくださいね」

「もちろんだよ。でも私の個人資産から出してくれないか？　そうしてやりたいんだ。それと宝石なども持ったのかな？　小さい家なら即金で買えるくらいは、持たせてやりたいが……」

「手持ちのもので売れそうなものは、全て渡しましたから大丈夫です」

「ありがとう、何から何まで。本当に君はできた妻だね」

「連絡先は私が知っていますから、安心してくださいね」

「ああ、私は知らない方がいいだろうから。今は……教えないで」

「はい。そうします」

「なあ、マリアンヌ。明日は一緒に見送れないかな。こっそりと図書室からでも」

「そうしましょう。そういえば、私が聞いたマーキュリーとの噂ですが」

「ああ、知っているよ。読み書きを教わっていたんだろう？」

「ええ、その頃から心を決めていたのかもしれませんわね」

「そうだね、マリアンヌ……。ごめん……ちょっと、泣かせてくれ……。私を、抱きしめてくれ……」

マリアンヌは何も言わず、叱られた子供のように嗚咽《おえつ》を漏らすルドルフの背に腕を回し、強く強く抱きしめた。

翌日の早朝、3階の図書室から貸し馬車で家を出るリリベルたちを見送った2人は、いつの間にか手を繋いでいた。

ルドルフは憑き物が落ちたような顔で、馬車が見えなくなるまで視線を投げている。

そんなルドルフの横顔を見ながら、マリアンヌは思った。

(男って……脆《もろ》いのね)

朝日が差し込むまで窓辺から動かなかったルドルフが、ふっと大きく息を吐いた。

「さあ！　新しい朝だ。マリアンヌ、あらためてよろしく頼むよ」

「はい、旦那様。こちらこそ、よろしくお願い申し上げますわ」

「ははは、久しぶりに一緒に朝食でもいかがですか？　マイ・レディ」

「喜んでご一緒いたしますわ。マイ・マーカス」

「お手をどうぞ。生まれ変わった私にエスコートの栄誉を」

マリアンヌはニコッと笑って、ルドルフが差し出した左腕に手を添えた。

ルドルフの手が少し震えている。

涙を必死でこらえているルドルフの横顔。

マリアンヌは彼の顔をあらためて美しいと思った。

ちょうど出勤してきたマーキュリーと階段で出くわし、ルドルフが朝食に誘った。

マーキュリーはルドルフの肩に腕を回しながら明るく言う。

「ああ、付き合うよ。親友殿。朝食でも夕食でも。それとも酒がいいかな？」

「あら、朝からお酒ですの？」

「冗談ですよ、奥様。酒は暗くならないと気分が出ない。今夜はご主人をお借りしても？」

「ええ、もちろんですわ。主人をよろしくお願いいたします」

「物分かりのよい奥方だな、ルドルフ。やっぱりお前は羨《うらや》ましい奴だ」

今にも泣き出しそうな顔のまま、ルドルフが言った。

「ああ、マリアンヌは最高の妻だよ。私は女運がいいんだ。それに男前だしね」

「そうだね、悔しいが心から同意するよ。少しでいいから分けてもらいたいものだ」

3人は声を出して笑いながら、食堂に向かった。

朝食を終え、執務室に入ったマリアンヌは机の上に置かれた手紙を見て笑顔を浮かべた。

それはダニエルの妻になっているララからだった。

丁寧にペーパーナイフで開封するマリアンヌ。

ソファーに腰かけてゆっくりと文字を追った。

(懐かしいわ、ララの字は少し右に跳ねるのよね。ふふふ)

リリベルとハンセンのことは任せてほしいこと、家は借りても買ってもよい物件を何軒か押さえてあることなど、マリアンヌが安心できる言葉が並んでいる。

「あら、子供ができたのね？　それにダニエルが爵位を継承するって書いてあるわ。お祝いを用意しないと！　ケニーとイリーナはもう準備したのかしら」

ニコニコしながら手紙を読み進めるマリアンヌの視線が止まる。

何度も同じ箇所を読み、不思議そうに小首を傾げた。

『侯爵様が恋人と別れたことは、あなたにとってもとてもよいことだわ。

あなたの歪《いびつ》な結婚を聞いた時、ずいぶん心配したの。

まあ、あなたのことだから大丈夫っていうか、納得したうえでの行動だとは思ったけれど、ダニエルなんてすぐにでも連れ戻すって大変だったもの。

彼も私も、もちろんオスカーも、あなたのことを一生の友達だと思っているのよ。

だから今回のことも、相談してくれて嬉しかったの。安心して全部任せておいて。

彼女たちを絶対に虐めたりしないと誓うから、心配しないで。

彼女も侯爵様もずいぶん傷ついたかもしれないけれど、これで本来の形に戻ったのだから、今度はあなたが本物の家族を作るのよ。

あなたの子供を見たいってダニエルと毎日話してるの。

頑張ってね。

それから、ケニーとイリーナと一緒にお仕事をしているなんて本当に羨ましいわ。

ダニエルも一枚嚙ませろって言ってるから考えてやってね。

心からの友情と絶大なる信頼を込めて　　　ララ』

何度も読み返してマリアンヌは小さく呟いた。

「本物の家族？」

マリアンヌの中の家族の概念が少し揺れた。

「家族って？　役所に届ければ家族になるのではなくて？」

子供の頃から家族というものを知らないマリアンヌにとって、学院で解いてきた難解問題よりも難しい。

幸せな本物の家族ってなんだろうと思ったマリアンヌは、リサーチすることを決意しつつ、ララからの手紙を丁寧に封筒に戻して、机の引き出しに収めた。

2通目の手紙を開封する。

「あら、ケニーが来るのね？　まあ！　イリーナも一緒に来るって！」

ルドルフの熱心な営業活動で軌道に乗ったオーガニックドレスの収益は順調で、セミオーダーメイドという販売方法も定着しつつあった。

商標登録をする頃合いだということで、ルドルフが考えた商品名で登録も済んでいる。

「でもあの名前は……恥ずかしいのよね」

オーガニックシルクで作ったドレスシリーズの商品名は、『アン』だった。

このネーミングを思いついてからルドルフは、マリアンヌのことをアンと呼ぶ。

そして自分のことを『ルフ』と呼んでほしいと強請《ねだ》るのだった。

リリベルが使っていたルドではないことに少し安心するが、マリアンヌはまだ一度も呼べていなかった。

ケニーとイリーナが来たら、家族について聞いてみようと思いながら、マリアンヌは書類の山に手を伸ばす。

リリベルがいなくなった屋敷は、徐々に日常を取り戻した。

時折寂しそうな顔をすることもあったルドルフだが、今では何事もなかったように明るく振る舞っていた。

◆◇◆◇◆

ある日のこと、リリベルが使っていた部屋を改装して、マリアンヌが使うようルドルフが提案してきた。

しかし、マリアンヌとしてはかなり抵抗がある。

きっぱり断れないのは、アランの部屋を作る必要があるからだ。

マリアンヌは自室の応接室を使うと言ったが、ルドルフは同じ階にしてほしいと譲らない。

「彼女の部屋だった場所は、クローゼットかホビールームにしよう。主寝室をアンの部屋にすればどうかな。それならアランのベッドを置いても十分広いだろう？　もちろん家具もカーテンも壁紙も全て変えようね。全部アンの趣味で揃えよう。でもベッドの大きさは今と同じくらいにしてね？　そのうち、アランも一緒に寝たいって言うかもしれないだろ？　それに、まあ、大は小を兼ねるってことさ。もちろん私は今まで通り隣の自室で寝るから。もし心配なら室内扉の前に家具を置いてもいいよ。できれば置いてほしくないけどね。だから主寝室はなしってことでどうかな？」

ルドルフの粘りに、つい頷いてしまったマリアンヌだった。

２人はリリベルが去ったあの日を境に、できる限り朝食と夕食を共にしている。

あれほど出張三昧《ざんまい》だったのに、ほとんど遠出をしなくなったルドルフは、頻繁に出席していた夜会も必要最低限に絞り、出席するにしてもマリアンヌを同伴していた。

そんな毎日の中でマリアンヌの口調も徐々に砕けてきたが、まだまだ堅苦しい言葉が抜けきれない。

ルドルフとリリベルの破局は、当然のごとく社交界で噂になった。

黙認していたとはいえ、不愉快に思っていた貴婦人も多く、マリアンヌを捕まえてはよく我慢したと賞賛する声をかけてくる。

「お若いのによく耐えられましたわ。あなたは妻の鑑《かがみ》だと言われておりますのよ」

初めて会った夫人に腕を掴まれてそう言われたマリアンヌは、絶句した。

「これでやっと本当の家族になりましたわね？　よく我慢をなさったわ。ご主人様はおモテになる方だからご心配でしょうけれど、あなたのことをとても大切に思っていると公言なさっているのはご存じ？　お子様もとてもかわいいと自慢していらしたわ」

そう言われた時、さすがのマリアンヌも聞き返さずにはいられなかった。

ぽかんとした顔でマリアンヌが、声をかけてきた婦人に聞き返す。

「子供がかわいいって？　主人がそう申しましたの？」

「ええ、とっても嬉しそうにしておられましてよ」

「そうですか……。それは……ありがとうございます」

「髪の色も瞳の色も奥様で、お顔立ちはご主人様にそっくりだなんて。理想的ですわね」

マリアンヌは何も言えず、ただ笑顔を返すしかなかった。

夜会の度に同じような経験をしつつ、社交シーズンも終盤に差しかかった頃、ケニーとイリーナがやってきた。

「マリアンヌ！　久しぶりね。元気そうで安心したわ」

イリーナがマリアンヌに抱きついた。

「会えて嬉しいわ、イリーナ！　とっても会いたかったの！　お部屋を用意しているから、王都にいる間はずっと使ってね。ああ、もちろんケニーの部屋もそのままよ」

ケニーが笑いながら言う。

「オマケのように聞こえたのは、僕の僻《ひが》みだろうか？　久しぶりだね、マリアンヌ」

「オマケなんて。相変わらずねぇ、ケニーったら。あなたの部屋はずっと同じ場所にキープしてあるのは知っているでしょう？」

イリーナがケニーを振り返って、驚いた顔で言う。

「ケニーの部屋って？　あなた、ここに住んでるの？」

「うん。王都に来た時は使わせてもらってる。仕事の相談もできるし便利なんだよ」

「あら、羨ましいわ」

イリーナの後ろからルドルフが声をかけた。

「もしよろしければ、イリーナ嬢の部屋も常設させていただきますよ？」

イリーナが振り返って慌てて挨拶をした。

ケニーも笑顔で握手を交わしている。

メイドたちが２人を案内して、それぞれの部屋に向かう。

イリーナの部屋は、かつてマリアンヌが使っていた場所が選ばれた。

あらためて夕食の席に集まった４人の話題はやはり仕事の話ばかりだが、マリアンヌにはそれがとても心地よかった。

それぞれの進捗報告と今後の課題を共有しつつ、楽しい時間が過ぎていく。

居間に移動した4人は、ケニーが持ってきたワインを開けることになった。

ケニーは次の特産品として考えていると言う。

女性でも飲みやすい渋みの少ない赤ワインと、甘い白ワインをブレンドした淡いピンク色のそれは、リリベルの髪の色を彷彿《ほうふつ》とさせたが、マリアンヌは口に出さなかった。

チラッとケニーを見たら、パチンとウィンクをされてしまった。

ドレスに続いてネーミングを任されたルドルフが、少し考えて独り言のように呟いた。

「スウィートメモリー……ってどうかな」

「素敵ですわ……」

イリーナはすぐに賛同した。

ケニーは何も言わず片眉だけを上げて薄く微笑み、マリアンヌは黙って頷いた。

(ルドルフも思い出に昇華できたのかしら)

リリベルの笑顔を思い出しながら、ふとそんなことを考えた。

(あっ！　そういえばリサーチしなくては)

唐突にマリアンヌが口を開く。

「ねえ？　教えてほしいのだけれど。家族って役所に届ければ成立するものでしょう？　でも本物の家族って何かしら……本物も偽物もないのではなくて？　戸籍の問題ではないの？」

雰囲気をぶち壊したマリアンヌの発言に、３人が一斉にマリアンヌの顔を見た。

ルドルフが少し咳《せき》込んで、ばつが悪そうな顔をする。

それをチラッと見たケニーが笑い出した。

「マリアンヌ。ああ、君の言う通りだね、国が保管する書類の同一戸籍に記載されていれば、家族だね。それには本物も偽物もない。でもね、それは戸籍上ってことだよ？」

イリーナが苦笑いをしながら口を開いた。

「そうね、そういうことで言うなら、私の家族は5人だわ。でも、それはあくまでも戸籍上の話ね。私は彼らを家族だと思っていないし、彼らも私を家族として扱っていないわ。それはあなたも知ってるでしょう？　でも、あなたの概念で言うと、それが家族ってことになるわね」

「なるほど。イリーナの家族って……そうよね。私もそういう意味なら、ルーランド伯爵家の家族だったということになるわ。絶対違うけど」

ケニーがイリーナのグラスに、ワインを注ぎ足しながら言う。

「そうだろう？　戸籍上は家族でも、それが必ずしも本物ということではないんだ。マリアンヌは家族を持ったことがなかったから、教科書での知識として家族を定義しているんだね。でも実際は違うんだ。僕だってそうだよ？　僕の今の家族は義父と義母、義弟と義妹の5人だけど、血縁でもないし、契約したようなものだしね。では産んでくれた2人が家族かっていうと……違うんだなぁ。なんと言うか、どちらも家族だけど家族じゃない。僕にとってはね」

マリアンヌが不思議な顔で聞いた。

「では、ケニーの本物の家族って？」

「まだいない。結婚して子供ができて、そうやって本物の家族は作っていくんだよ」

「そうね、本当の家族って作るものよね。私も同じだわ」

イリーナがグラスを掲げて色を楽しみながら呟くように言った。

「イリーナは本物の家族が欲しい？」

「う～ん……今はまだいいかなって思うけど。マリアンヌは？」

「私は……いらないかな」

「おい！　そこは！　そこは否定しないでくれ！　マリアンヌ～、頼むよぉ」

ルドルフが慌てて口を挟んだ。

マリアンヌが不思議そうな顔で聞く。

「ん？　ルドルフが私の本物の家族？」

「そうだよ！　マリアンヌ。そんな不思議そうな顔をしないでよぉ～勘弁してぇ～」

ケニーが笑いをこらえて言う。

「ルドルフ様、なんと言うか……前途多難ですねぇ」

「ああ、本当に手ごわい。鉄壁の要塞に単騎で攻め入っている気分だ」

「ご愁傷《しゅうしょう》様ですわ、侯爵様。酔っているから申しますけど、自業自得？」

「ああ、イリーナ嬢。それは痛いほど分かっているから……。本当に、ごめんなさい」

2人が声を出して笑った。

マリアンヌは、なぜおかしいのか分からない。

「ルドルフと私が本物の家族？　アランはもちろん入るでしょうけれど……なんだかなぁ……ピンとこないわぁ」

「はぁぁぁ……。どうすればいいんだ？　ケニー、教えてくれ～」

ルドルフが泣き真似をしながら、ケニーに縋《すが》りつく。

ケニーはルドルフの背中をぽんぽんと叩きながら慰めた。

「じゃあマリアンヌにとって、ルドルフ様はどういう位置づけなの？」

「う～ん。本物っていうのが今一つ分からないけど、でも偽物でもないし……練習中？　う～ん……なんだろう。ごっこ？」

「「ごっこ！」」

ルドルフは大きく口を開け、唖然としている。

ケニーとイリーナはお腹を抱えて笑った。

ルドルフが独り言のように言う。

「今は家族ごっこでもなんでもいいよ。ここにいてさえくれたら。今はそれでいい。うん、いいんだ……いずれ本物の家族って認めてもらう！　頑張れ！　頑張るんだ、ルドルフ！」

イリーナとケニーは涙を流して大笑いしている。

一人で拳を握り鼻の穴を膨らませているルドルフに、マリアンヌが冷静な声で言う。

「では、契約内容の変更をしますか？」

再びケニーとイリーナが爆笑した。

「さすがだ！　マリアンヌ！　君の強さが大好きだ！」

ケニーが涙を指先で拭《ふ》きながら言った。

「契約って、どのような内容でしたの？」

イリーナが真面目な顔で、ルドルフの顔を見た。

「うぅぅ……私の黒歴史が……暴かれてしまう」

マリアンヌが苦い顔で呟くルドルフをサクッと無視して、淡々と応えた。

「とてもよい条件だったわ」

マリアンヌがワンド侯爵家に入った日に聞かされた内容をすらすらと述べると、ルドルフの体がどんどん小さくなっていった。

イリーナが真剣に頷きながら聞き終えて言った。

「なるほどね。ホントによい条件だわね。マリアンヌの希望通りじゃない」

「おいおい！　イリーナ嬢もそっち側の人間か？」

ルドルフがぽかんとした顔で問う。

ケニーがイリーナの代わりに答えた。

「そうですね、この２人は似た思考回路でしょうね。まあ、僕もそこそこ似てるかな」

「そ、そうなのか？　なんだか孤独だ」

ルドルフがぽつりと言う。

ケニーが慌ててフォローした。

「大丈夫です！　間違いなくルドルフ様の方がノーマルですから。それに、それほど愛する人と出会えたってことですから！　あぁぁぁ～、そんなに落ち込まないでください」

「いや……無理だ。味方がいない。地味に傷つく」

わざとらしく落ち込むルドルフを見て、３人が笑った。

イリーナがニコニコしながら、マリアンヌに言う。

「契約内容の変更ってことよね？　どう変更になるの？」

「具体的な内容はまだ通達されていないわ。でも、リリベルに関する項目はマルッと削除になるでしょうし？　あとは特に変更するべき箇所はないと思うのだけれど」

「いや！　あるぞ！　絶対にある！　というか、通達とか言わないでくれよ、マリアンヌ。あまりにビジネスライクだ」

「？　ビジネスですが？」

「うぅぅぅっ、だからそれを変えようと……」

「あら、それでは完全なまき直しですか？　でも後継者問題は解決でしょう？　必要な夜会には同伴されていますし、領地経営も順調ですわよね？　どこが問題なのでしょう」

「あるだろう？　夫婦としてやり直したいんだから、一番大事なところが」

ルドルフが力説する。

「？？？？」

マリアンヌは本当に分からないという顔で小首を傾げた。

ケニーはプッと吹き出し、イリーナは呆れた顔をしている。

ルドルフは赤面しながら声高に叫んだ。

「白い結婚っていうところだよ。私はマリアンヌと夫婦になりたい！」

「既に夫婦ですが？」

「だ、だから本当の……夫婦」

「本当の？　家族にせよ夫婦にせよ、本当とかお飾りとか、本物とか偽物とか。難しいわ」

ケニーがルドルフの背中を再びぽんぽんと摩った。

「ルドルフ様、心より哀悼の意を」

「ケニー、どうすれば通じるのだろうか」

「そうですねぇ。多少時間は必要でしょうかねぇ。それよりいっそ最初からサクッとやり直した方が早いかもしれません」

「最初から？」

「ええ、まずは告白からですね。ぷぷぷ！　すみません。笑ってしまいました」

「ルドルフ様、私も心よりご同情申し上げますわ。マリアンヌはもう少し男女の機微を勉強する必要があるわよ？」

「男女の機微？」

ケニーが笑いながら、顔の前で手をひらひらと振る。

「イリーナ、それ以前だよ。マリアンヌはもう少し他人に興味を持とうね？」

「興味？　なるほど……確かに興味はないわね」

ルドルフが目を見開いて、口をあわあわと動かしている。

イリーナがマリアンヌに真面目な顔で言った。

「学院時代を思い出してみれば？　私たちはとても濃密な時間を過ごしたんじゃないの？　あの頃のあなたは、私にもケニーにも心を寄せてくれていたわよ？　もちろんダニエルにもララにもオスカーにもね。私たちが困っていると、あなたはそれを察して助けてくれた。そういうことよ。私たちは確かに信頼し合い、お互いを尊重し合ったわ」

「なるほど！　分かったわ！　ありがとう、２人とも」

ルドルフがパッと顔を上げた。

その顔は期待で輝いている。

マリアンヌが頬を紅潮させて力強く宣言した。

「ルドルフ！　お友達になりましょう！」

ケニーとイリーナは笑い転げ、ルドルフはソファーからずり落ちた。

◆◇◆◇◆

ドレスも薬草も順調に売り上げを伸ばし、ワンド侯爵家の財政はますます安定していた。

目下の課題はワインの販路拡大で、ルドルフは相変わらず忙しく飛び回っている。

マリアンヌの担当は薬膳料理の開発だが、こちらの方は料理を担当するオスカーの報告を待つしかない状態だ。

リリベルたちがいなくなり、約2年の月日が流れていた。

ルドルフの地道な努力は続き、マリアンヌの基本姿勢にも微弱な変化は出てきている。

それでもいいと己を励ましつつ、ルドルフは我慢の日々を送っていた。

「おとしゃま！　おかえりなしゃいましぇ」

「ああ、アラン。いい子にしていたかい？　今日は何をしていたのか、父様に教えてくれ」

「あい、今日はおかしゃまとごほんを読みまちた」

「そうか、お母様と一緒だったのか。それは羨ましいなぁ」

「うややましいでしゅか？　おかしゃまはとぉーってもやさしいでしゅよ。いつもアランにいいこいいこしてくだしゃいましゅ」

「いいなぁ～。父様もしてほしいなぁ」

ルドルフはアランを抱き上げながら、チラッとマリアンヌの顔を見た。

捨て犬のようなルドルフの顔に、マリアンヌは微笑んだ。

「しましょうか？」

「えっ！　いいの？　してしてしてしてしてして～」

ルドルフがアランを抱いたまま膝を曲げて、マリアンヌの前に頭を突き出す。

マリアンヌは手を伸ばしてルドルフの頭を優しく撫でた。

「ルフはいい子ですねぇ～。いいこいいこ、よく頑張っていますよ～」

「うっ……嬉しい！」

使用人たちの生暖かい目線など無視して、ルドルフは嬉しそうに笑った。

2人の関係の中で一番大きな変化は、マリアンヌがルドルフを愛称呼びするようになったことだ。

「ルフ？　お食事は？」

「まだだよ。アンは？」

「私もまだですわ。ご一緒しましょう」

そう言うとアランをメイドに渡し、お休みのキスをした。

ルドルフも、アランの頬に優しいキスを贈る。

30を過ぎても一向に衰えないルドルフの色気のある顔が近づいて、アランを抱いたメイドの肩がビクッと跳ねた。

執事長が、メイドを視線で窘めながら声をかけた。

「ご主人様。本日はケニー殿より新しいワインが届いておりますが、ご試飲なさいますか？」

「ああ、それはぜひいただいてみよう。アンも付き合ってね」

「もちろんですわ。楽しみです」

2人は腕を組んで食堂に向かった。

2人の仲はこの上なく良好で、社交界でも理想的な夫婦だと噂されるほどだ。

白い結婚が続いていることを除けば、幸せを絵に描いたような侯爵家だった。

当然のごとく、ルドルフはとっても我慢をしていた。

マリアンヌを手放したくないという思いだけで、耐え忍んでいる状態だ。

それはルドルフがマリアンヌの経営手腕を大いに買っていることもあるが、それ以上にマリアンヌの心根に惚れているのが大きい。

マリアンヌの優しさも温かさも、アランを大切に育ててくれることも、全てにおいて文句の付けようがない妻だとルドルフは思っている。

マリアンヌが寄せるルドルフに対する絶大な信頼をひしひしと感じる度に、ルドルフの心は喜びで震えた。

問題は、ただ一点。

その信頼が愛情ではなく友情だということが、ルドルフの超えられていない課題なのだ。

なんとか距離を縮めたいルドルフは、食堂のテーブルを密かに小さいものにしていた。

ルドルフは今夜も食べやすく切り分けたステーキを、マリアンヌの口元に差し出す。

マリアンヌにこのまま侯爵夫人としていてほしい使用人たちは、毎回心の中で叫んでいた。

（奥様！　あ～んです！　あ～んって口を開けてあげてください！　あ～～～ん！）

そんな心の叫びなど聞こえるはずもないマリアンヌは、冷静な顔でルドルフに言う。

「何をしているのですか？　ルフ。毎回それをなさいますが、私に見せびらかしても羨ましくはありませんよ？　私にも同じ料理がありますから」

「……そうだよね。ごめん……」

今夜も撃沈したご主人様に、使用人たちは励ましの視線を投げる。

沈んだ空気を一新するように、執事長が口を開いた。

「今日のワインはいかがですか？　ケニー殿の手紙によると、赤ワインの比率を上げて渋みを持たせているとのことでしたが」

ルドルフがじわっと浮かんでいた涙を拭《ぬぐ》いながら返事をした。

「そうだね。今までのより甘味が少なく酸味も抑えてあるよ。どちらかというと、男性向きかな？　色も素敵だ。ガーネットの色だね」

「そうですわね、香りも素晴らしいですわ。私はこちらの方が好みかもしれません」

「そうか、甘くないから男性向きっていうのは偏見か。上級者向きって言い換えよう」

「なるほど、そのフレーズはウケがいいかもしれませんわ。さすがルフです」

「惚れた？」

「いいえ？」

「惚れてよ」

「契約項目の追加ですか？」

「追加してくれるの！」

「保留ですわ」

「うっっっ」

悲しそうな目をして、ルドルフがマリアンヌのグラスにワインを注ぎ足した。

◆◇◆◇◆

ルドルフの努力は実を結ばないまま日々が過ぎていく中、ケニーから手紙が届いた。

早速開封したルドルフは、マリアンヌの執務室に駆け込んだ。

よちよち歩きからかなり進歩したアランが、入ってきたルドルフに駆け寄った。

「とうしゃま！」

「やあ！　アラン。今日もご機嫌だね？　そのお口の周りについているのはクッキーかな？」

「マフィンでしゅ！　とうしゃまもいただきましゅか？」

「ああ、いただこう。でも今はお母様にお話があるんだ。アランはいい子で待てるかな？」

「あい！　アランはいい子でしゅ！」

アランの頭を優しく撫でたルドルフが、マリアンヌに手紙を差し出した。

「薬膳料理のメニュー案ができたって。試食会をするってさ」

「まあ！　やっとできましたか。よいものを作るには時間が必要だと思って、口を出さずに待っていましたが、2年も待ちましたわ」

「それは仕方がないよ。食材にするハーブの安定栽培にも時間がかかったしね。それにしても、やっと辿り着いたんだ。楽しみだねぇ」

「ええ、ルフも一緒に行けるのでしょう？」

「もちろんだ」

「アランも連れていきましょうか」

「アランも？」

「ええ、最近は離れるとぐずるのです。育児本によると、そういうものらしいですわ」

「たまには親子水入らずの旅行もいいねぇ。イリーナも誘うだろう？」

「ええ、もちろんケニーにも同行を頼みましょう。私たちは親子3人で向かいましょうね」

「親子3人……いい響きだ。いつにしてもらう？　こちらの都合でいいって書いてあるけど」

「早い方がいいですわ。微調整をしている間に店舗を準備しないといけませんし」

「ああ、買収するレストランなら目星をつけているんだ。よければ明日にでも下見に行ってみないか？」

「さすがですわ、ルフ」

「君に褒めてもらいたくて、ものすごく頑張っているんだよ？」

「ええ、いいこいいこですわ」

マリアンヌはルドルフの頭を撫でた。

ものすごく満足そうな顔のルドルフに、使用人たちの目はどこまでも生暖かい。

買収予定のレストランは、貴族街の大通りから公園に抜ける道沿いの景色のよい物件だった。

一目で気に入ったマリアンヌは、ルドルフに満面の笑みで頷いて見せる。

ルドルフはその場で契約を決めた。

そうこうしている間に試食会の日程が迫り、2人は息子を伴って馬車に乗り込んだ。

「そういえば領地に行く以外で、一緒に長旅をするのは初めてだね」

「そうですわね。それぞれ別々に行動することがほとんどでしたもの」

「これからはなるべく一緒に行動したいな」

「なぜですの？」

「好きだから」

「あら、旅がお好きですの？」

「旅じゃないよ。君が好きだから一緒にいたいって言ってるの！」

「まあ！　予想外のお言葉でしたわ」

「予想外って……勘弁してくれよ。私は打たれ弱いんだ」

「でもアランが健康に成長してくれている私たちにとって、お仕事以外にすることなどございませんでしょう？」

「あるよ？　何度でも言うけど、私は君と愛し合いたい！　夫婦になりたい！」

「意味不明です」

「なぜこんなに寂しい気持ちになるのだろうか……まあいいさ！　時間をかけてじっくり口説《くど》いてやるからな？　覚悟しておくんだな。ふふふふふ」

うとうとするアランの髪を指先に絡めながら、マリアンヌは肩を竦めて見せた。

宣言通りルドルフは、移動中ずっとマリアンヌと目が合う度に愛をささやいた。

さらっと聞き流していたマリアンヌだったが、ふとした時にルドルフの求愛ストームに慣れていた自分に気付く。

「あら？　ルフが何も言わないと……静かでとっても落ち着くわ」

「うん？　何か言ったかい？　少しうとうとしてしまった」

「いいえ？　あらあら！　アランの涎《よだれ》がシャツに付いてしまいましたわね」

「うん？　ははは、本当だ。しかしアランはかわいいね。みんなが私に似ていると言うんだ。最近やっと自分でもそう思うようになってきた。子供って顔が変わるんだね」

「そうですか？　最初からそっくりでしたよ？　寝顔なんてルフのスモールバージョンですわ」

「え？　こんな間抜けな顔して寝てるの？」

「間抜けですか？」

「間抜けだろう？　口なんて半開きじゃないか。かわいいけど」

「ええ、かわいいですわ」

「ということはさあ、アンは私もかわいいって思っているってことだよね？」

「そこは……黙秘権を行使しましょう」

「アン、毎日そんなかわいい寝顔に挟まれて眠りたいと思わない？」

「挟まれる必要はないかと」

「あれ？　すぐに『思いませんわね』って返されるかと思ったのに。少しは沁み込んだかな」

「沁み込む？　何がですの？」

「そりゃ、海より深い私の愛さ」

「愛って沁みるものなのですか？」

「うん。愛は知らない間にじゅわぁ～って沁みるんだよ」

「そして恋は気付かぬうちに落ちるもの？」

「そうそう！　よく分かっているじゃない」

「恋が先かしら？　それとも愛？」

「なかなか哲学的なよい質問だ。私見だけど、恋と愛は同じようで感情的には違うと思う」

「なるほど。興味深い見解ですわ。ぜひともご教示くださいませ」

神妙な顔で教えを乞うマリアンヌを見て、ルドルフは優しく微笑んで口を開いた。

「恋ってね、異性としかしないだろう？　ああ、もちろんマイノリティは存在するけれど、ややこしくなるからちょっと置いておくね。でも愛は友達でも家族でも子弟でも、もちろん恋人や夫婦でも持つ感情だ。だから別物」

「なるほど。分かりやすい例えですわね。うんうん、なるほど……お勉強になりますわ。では、ルフが私に持っている思いはなんですの？」

「おぉ～、とてもよい質問だ。そうだなぁ～、敢えて誤解を恐れずに言うね？　私が君に対して持っているのは、圧倒的に愛情だ。もちろんアランのことも愛してる。でもこの２つの愛は全く性質が異なるけどね」

「愛の性質ですか」

「そうだよ。アランに注いでいるのは、自分の子供に対する親としての愛だね。でもアンに向けているのは、いろいろな感情が混ざってるんだよ。ただひたすら愛してるというだけでは表せない感情だから……言葉で言うのは難しいね。だから感じてもらうしかないかな」

「難しいですわね。少し頭を整理する必要がありそうです」

「論文でも書くのかな？　それで感想は？」

「論文は書きませんが、感想は……はっきり申し上げても？」

「もちろんだ」

「どの口が愛を説くかって思ってます」

「……容赦ないな」

ルドルフによる愛の講習が終わると同時に、馬車は無事にアーラン州に到着した。

ダニエルの屋敷に馬車が停まると、ケニーとイリーナが既に待っていた。

ララがマリアンヌを見つけて駆け寄ってくる。

その後ろをニコニコしながら娘を抱いたダニエルが歩いてきた。

「マリアンヌ！　会いたかったわ！」

「ララ！　やっと会えたわね！　元気そうで安心したわ」

初対面のダニエルとララを、ルドルフに紹介するマリアンヌ。

ルドルフの洗練された優雅なお辞儀に、ララがポッと頬を染めた。

その日はそれぞれゆっくり過ごして、試食会は明後日開かれることになっている。

明日はみんなを連れて街を案内するのだと、ララは張り切っていた。

が、部屋に案内されたマリアンヌは戸惑った。

大きなベッドが一つしかないのだ。

マリアンヌの戸惑いを察したルドルフが、マリアンヌに声をかける。

「大丈夫だよ。私はソファーを使うから、アランとアンはベッドを使いなさい。同意なしに不《ふ》埒《らち》なことはしないから。お陰様で我慢には慣れたんだ。信じてくれていいよ」

「それはダメです。疲れがとれないでしょう？　ララに部屋を用意してもらいましょう」

「大丈夫だから。それに私はアンとアランと常に一緒にいたいんだ」

「では、ベッドをもう一つ」

「大丈夫だってば。アンは心配性だねぇ」

そんな会話をしていた時、ララが慌ててやってきた。

「ごめんなさいね。私ったらもうてっきり……ケニーに聞いて慌てて来たの。すぐに侯爵様のお部屋を用意しますわ」

頷くマリアンヌの横で、ルドルフが笑顔で言った。

「いえ、部屋は必要ありません。今さらと思われるでしょうが、全身全霊で妻を口説いている最中ですからね。むしろ与えてくださったチャンスに感謝いたしますよ」

「まあ！　そうでしたか。でも彼女……なかなかでしょ？　学生時代もモテているのに気付いてなくて。男子生徒には難攻不落の要塞と呼ばれていましたもの」

ルドルフが吹き出した。

「それはまた！　なるほど！　上手いことを言うものだ。難攻不落の要塞かぁ、攻め甲斐がありますね。ブロワー子爵夫人、ご期待くださいね」

「ほほほ！　私のことはララと呼んでください。主人のことはダニエルと」

「ありがとうございます。それでは私のこともルドルフと呼んでくださいね」

マリアンヌが何も口を挟めないうちに、いろいろ決まってしまった。

初日の夕食はそれぞれの部屋でとり、マリアンヌはララとイリーナの３人で庭を散歩した。

思い出話に花を咲かせたあと、ララがマリアンヌに問いかけた。

「私は実際にお会いしてなかったから、勝手にこのまま夫婦になるのもいいのかなって考えてたんだけど、本当のところマリアンヌはどう考えているの？」

「私にとっては正妻という名のお仕事以外のなんでもないのよ。ルドルフは愛がないと生きていけないってよく言うけど、彼の愛は軽いから……」

イリーナが苦笑いをしながら続ける。

「何度も彼の求愛行動を目の当たりにしているけど、あの方はなんと言うか、血がピンクなのかしら？　って思うほど愛されたがりよね。あまりにもマリアンヌがそっけないから面白くて、つい煽《あお》ってしまうのよ。まあ、マリアンヌは絶対落ちないからできるのだけれど」

ララが顔をしかめた。

「そんなにひどいの？　マリアンヌ、何かされたりしていないでしょうね」

「手や髪にキスをされることはあるけれど、それはアランもするし。一応、友達だし？　別にいいかなって放置してる」

「子供と同じレベル！　しかも友達扱い！　笑えるわ。イリーナの言ったことがよく分かる。そりゃ見てる分には面白いわね」

マリアンヌが少し困った顔で言う。

「でも、あまり邪険にしてお仕事に支障が出るのも困るかなって思ってるし」

「なるほど。ようやく理解できたわ」

ララが屋敷に向かって、さっと手を振った。

すすっと人影が動き出すのがチラッと見えたが、ララは何も言わなかった。

イリーナがマリアンヌに言う。

「確かに仕事に支障が出るのは困るけど、はっきりさせた方がいいと思うわよ？」

「どういう意味？」

「嫌なら嫌と。受け入れるなら……まあこの線はないか。ちょっと話を聞いただけでも分かるほどの見事なクズ男だものね。でも彼にとっては生殺し状態だから、いつ強硬手段に出るとも限らないでしょう？」

「護身術でも習おうかしら」

ララが噴き出した。

「そんな明後日の方向じゃなくて、根本的に解決するのよ」

「離婚？　それは避けたいわ」

「なるほど、お仕事は辞めたくないということね。では子供は？　アラン様はどうするの？」

「アランは絶対に私が育てるわ。あの子を見ていると放ってはおけないし、そうしたいの」

イリーナが何度も頷きながら言った。

「子供の頃にしてほしかったことを、あなたがアラン様にしてあげているのね？」

マリアンヌが小首を傾げた。

「そうなのかしら？　私は確かに幽霊扱いだったけれど、そこまで不満に思ってはいなかったと記憶しているのだけれど」

「それは自己防衛本能で悪い思い出を消しているだけじゃない？　その頃の悲しみや苦しみは心に沈殿して潜在化してしまっただけじゃないのかな」

ララも話に入ってきた。

「それならアラン様に積極的に関わるのは賛成だわ。私にも子供ができたでしょう？　あの子を見ているとなんでもしてやりたいって思うけど、私がやっていることって全て子供の頃に私がしてもらっていたことなのよ。我が家はお２人と違ってノーマルな家庭だったから。だからこそ、マリアンヌがアラン様に抱く思いは、子供の頃の無意識の欲求かもしれないわ」

イリーナが引き取る。

「分かるわよ。ララはしてもらったことを同じようにしているのでしょ？　マリアンヌは逆に、してもらえなかったことをしてやりたいってことよね」

「そうなのかな……」

「仮説を立てて証明していくのは、マリアンヌの得意分野じゃないの。やってみればいいと思うけど？　もしかしたらアラン様に関わる過程で潜在化している承認欲求が顕在化するかもよ」

「認められたいって思い始めるってこと？　私は十分に認めてもらえていると思うけど」

「他者にではなく、親によ。認められるというより、あなたの場合は存在を承認する？」

ララも同意する。

「なんだかややこしくなったけど、要するに、アラン様にしてあげたいと思ったことは積極的にする！　それがあなたのためにもなるってことね」

「なるほど！　アランには今まで通りでよいということね」

屋敷の方でなんだか小さく叫び声が聞こえた。

ララがふっと顔を上げて言う。

「さあ、帰りましょう。準備ができたみたいだし」

イリーナは笑顔になり、マリアンヌは不思議そうな顔になった。

ロビーに戻ったマリアンヌは、予想外の光景に出くわして唖然とした。

満面の笑みでルドルフを羽交い絞めにしているダニエルと、ばたつかせる足を無理やり抱え込んでいるケニー。

「ちょっと待って！　どうしたの？　ルドルフを捨てちゃうの？」

ダニエルが真面目な顔で言う。

「いや、捨てはしないが？」

ケニーが続ける。

「お部屋を移動していただくんだよ。そこで男同士語り明かそうってことになったんだ」

ルドルフが部屋の移動を拒否し、結果として強制執行という図式だろう。

「助かるけど……あまり乱暴にしないでね？」

「もちろんだ。今から腹を割って酒を酌《く》み交わす。君たちは安心して休むといい」

イリーナとララが、マリアンヌの手を取った。

「ではお任せするわね。さあマリアンヌ、アラン様が待ってるわよ」

マリアンヌは何も言うことができないまま、学生時代からどうしても勝てないお姉様方に連れられて寝室に向かった。

「あれは、どういうこと？」

「みんな、あなたのことを信じているから放置してたけど、そろそろ堪忍袋《かんにんぶくろ》の緒がね。特にケニーが……」

どうなることやらと思いつつ、アランと眠りについたマリアンヌの心配は杞憂《きゆう》に終わった。

男たち3人は仲良く話しながらも二日酔いなのか、コーヒーをがぶがぶ飲んでいる。

「おはようございます。遅くなってしまいましたわ」

「やあ、おはよう、マリアンヌ。アランのご機嫌もよさそうだね？」

「ええ……。それにしても、どうなっているのかしら？」

ケニーがコーヒーのポットに手を伸ばしながら言った。

「理解し合ったんだよ、男は単純だからね。腹を割れば分かり合える。ね？　ルドルフ様？」

「そうだ。とても有意義な一夜だった。新しい扉を開いたかもしれない」

女性陣3人と使用人たちが、一斉にルドルフの顔を見た。

その横でケニーとダニエルが静かに首を横に振り、否定している。

一瞬流れた緊張感がさっと消え、和《なご》やかに朝食は進んだ。


食事を済ませた6人はロビーに集まり、ララの案内で懐かしい街に繰り出した。

ダニエルは仕事の都合で留守番となり、娘と2人で不貞腐《ふてくさ》れながら見送った。

市場に続く道で、学生時代の思い出話をする4人と、それを楽しそうに聞くルドルフ。

アランは父親に抱かれて、ご機嫌だ。

「あら！　どうしましょう」

マリアンヌがいきなり立ち止まる。

ケニーがマリアンヌの視線を追って、顔をしかめた。

リリベルがパンの籠を抱え、子供を2人抱いたハンセンと大通りの向こう側を並んで歩いていたのだ。

先を行くララとイリーナは、おしゃべりに夢中で気付いていない。

「無視しよう。やり過ごせるさ。ルドルフ様は気付いていないみたいだし」

「そうよね。あら？　あの子たち。双子かしら」

ケニーがチラッとルドルフの様子を窺うと、飴細工《あめざいく》の屋台の前にいた。

アランに強請られているのだろう、嬉しそうにあれこれ指差しながら笑っている。

マリアンヌとケニーは、素知らぬ顔で歩き続けた。

かなり歩いてから振り返ると、リリベルたちの姿は消えていた。

ルドルフが小走りで追いついてきた。

「ルフ？　何か買ったの？」

ルドルフは肩を竦めて大きな紙袋を見せた。

昼食を海辺のレストランでとり、早めに帰宅した一行は少し休んだあとで食堂に集まった。

子供たちは、ルドルフが買ってきた飴細工に夢中だ。

ブロワー子爵邸の料理人が用意した夕食に舌鼓を打ったあと、談話室でワインを開けた。

子供たちはそれぞれメイドが連れていき、6人はゆったりとワインを楽しむ。

ふと何気ない様子で、ルドルフが口を開く。

「実はね、市場でリリベルとハンセンを見かけたんだ。この街にいたんだね。そうじゃないかとは思っていたけれど、ダニエル殿にもララ夫人にも、とんでもない迷惑をかけてしまった。申し訳なかったね。でも、ありがとう……心から感謝するよ」

ダニエルは黙ってルドルフのグラスにワインを注ぎ足した。

ララがゆっくりとしゃべりだす。

「迷惑なんて思ってもいませんわ。私たちはマリアンヌの頼みならなんでもいたします。それにマリアンヌが可哀想ってずっと思っていたから、いいことだって思っちゃって。ごめんなさいね、ルドルフ様はとてもおつらかったでしょうに。でも私たちはマリアンヌの友達だから……」

ダニエルがララの肩を抱き寄せた。

「すみません、ルドルフ様。妻は昔からマリアンヌ贔屓なのですよ。無礼な発言は私がお詫びいたします」

「とんでもない。むしろ、彼女をそこまで大切に考えていただいていることが嬉しい。ここにいる皆さんは事情を知っているし、隠すのもどうかと思ってね。でも私は2人を見ることができてよかったと思っているんだ。子供がいるんだね。あの子たちは双子？」

ララが小さく頷いた。

ルドルフが優しい顔で続けた。

「一人は黒髪で、もう一人は金髪だったね。あらためて自分の愚かさに心が痛んだよ。ホント今さらって感じだけどね。リリベルには申し訳ないことをしてしまった。マリアンヌにもあらためて心から謝罪させてくれ。でも私は、これでよかったんだと思う」

マリアンヌが口を開いた。

「なぜ？　リリベルもあなたも、見ていられないほど傷ついたわ。いっぱい心から血が流れていたもの。なぜよかったなんて思うの？」

「それはね。なんと言うかな。やっぱり歪だったんだよ。無理があったんだ。心のどこかでお互い気付いていたんだけど、都合が悪いことには蓋をしてた。過剰でバカげた愛情表現で逃げていた。確かに愛していたし、愛されていたよ。燃えるような毎日だった。でもね……それだけだ。ガキの戯言さ。そのガキが下手に身分も金も持っているから始末が悪い」

イリーナが独り言のように言う。

「そうね、傍《はた》から見てもバランス感覚が皆無でしたわ」

「その通りだね。そしてアランのこともこれでよかったんだと思う。あのまま続けていたら、きっとアランを不幸にしていただろうからね。私も彼女も現実から逃げたんだよ。時間が戻せるなら、あの頃の私をぶん殴りたい。いや、いっそ殺してしまいたい。産まれたばかりのアランの髪の色を見た時、咄嗟に手を引いただろ？　とんでもないガキだ。すぐに間違いに気付いたのにプライドが邪魔をした。思い返すだけでも、情けなくて泣きたくなるよ」

ケニーとイリーナがふっと笑顔を見せた。

マリアンヌが神妙な顔で呟くように言った。

「リリベルは幸せなのかしら」

「幸せそうだったよ？　指輪でさえ大きな宝石は重いから嫌だって言っていたリリベルが、とても大きなパン籠を平気で抱えて笑ってたんだぜ？　日焼けなんかしちゃってさあ。なんて言うか、逞《たくま》しい母になっていた。そして私といる時よりも、ずっと穏やかな笑顔だった」

「そう……。それならよかったわ」

「うん。ホントにそうだと思う。彼女はいるべき場所に帰れたんだね」

ララがぽつんと言った。

「彼女にとってルドルフ様と過ごした時間は、きっと一生の宝物だと思うわ。まさに全女性が憧れるシチュエーションでしょ？　ましてや平民なら尚《なお》さらだもの」

イリーナが続けた。

「確かに夢のような時間だったでしょうね。蝶よ花よと着飾って、お金持ちで見目麗しい侯爵様に愛されて。でも夢ならいつかは覚めないとね。眠り姫になっちゃうわ」

ケニーがお道化たように言った。

「眠り姫かぁ。どうりで美人だと思った。ルドルフ様もいい夢を見ましたねぇ。ララの言葉を借りるなら、男のロマンってところですか？」

「そうかもね。それにしてもさあ、眠り姫はハンセンという名の騎士に起こされたけれど、私を起こしてくれるはずの姫君にはまだ自覚がないんだ……なかなかに手強い」

「「「難攻不落の要塞」」」

マリアンヌを除く全員が笑った。

口数の少ないダニエルが、ボソッと言った。

「マリアンヌがよければ、それでいいんですよ。マリアンヌは必ず幸せになるべき人だ」

その場にいる全員が、小さく何度も頷いた。

翌日の試食会は大成功だった。

同級だったオスカーはオーナーシェフの威厳など投げ捨てて、マリアンヌと抱き合いぴょぴょん飛び跳ねて再会を喜んだ。

二日酔いの胃にも優しい薬膳料理は全員に大好評で、早くも出店計画の話が進んでいく。

薬膳レストランの運営はダニエル・ブロワー子爵が受託し、オスカーが総料理長として料理人の育成を担当することはすぐに決まった。

資金はワンド侯爵が全面的な支援を約束した。

ケニーは新しい商品開発と販路拡大、イリーナはドレスシリーズを今まで通り担当する。

統括するのはマリアンヌと、体制は万全だ。

「私は今まで通り営業担当として頑張るからさ。アンはやりたいことを存分にね」

そう言ってルドルフは笑っていた。

試食旅行から以降、ルドルフからのウザい愛の告白は鳴りを潜《ひそ》めた。

◆◇◆◇◆

毎日忙しくて楽しいと、マリアンヌは満足していた。

アランはすくすくと育ち、添い寝をするマリアンヌがベッドから落とされることもある。

「ねえ、アン。そろそろアランにも個室を与えないと教育上よくないと思わない？」

「そうかしら？」

「家庭教師も付けなきゃだし。私としてはもう1人か2人子供も欲しいし」

「子供ですか？」

「うん。だってダニエルのところの女の子、めちゃくちゃかわいかったじゃない」

「確かに。あの子はきっととんでもない美人さんになると思うわ」

「うん。でも我が家の次の子供だって。絶対美人だと思うんだ」

「次って……ルフ？　好きな方でもできたのかしら？」

「えっ！　はぁぁ～まだそこで止まってるの？　これだけアプローチしても？　言葉で理解するのではなく、心で感じてって言ってるでしょ？　まだ足りない？」

「いえいえ、ルフの愛には胸やけしてるけど……でも私はまだ恋に落ちてはいないというか、恋を経験していないというか」

「恋？　だったら僕と恋をしようよ。なんなら今すぐ告白させて！　そうしたら真面目に考えてくれるかな？」

「告白ですか？　そう言えば、されたことはないですね」

「いやいや、気付いてないだけで、私だけでも100回はしたけどね」

ルドルフは徐《おもむろ》に跪いて、マリアンヌの手を握った。

「何度も何度も言ってきたけど、大好きだよ、マリアンヌ。心から愛しているんだ。君がいない人生なんて無味無臭だ。どうか私の手を取って、この愛に応えてくれないか？　絶対に後悔はさせないと誓うよ」

「あら！　私、今少しだけドキドキしましたわ」

「そう？　嬉しいな。じゃあ続けるね。アンが欲しいものは、なんでも手に入れてみせる。君が望むなら夜空の星さえね。君の全ての指を皇后だって持っていないほど大きなダイヤで飾ることもできるよ。行きたいところなら、どこでも連れていく。ドレスだって王都中の店を……あれ？　マリアンヌ？」

「あらあら、どうしたのかしら。顔が赤くなってきましたわ。それに心臓が……不整脈かしら？　それとも食当たり？」

「どう？　少しは響いた？」

「どうでしょう？　響いては……ない？」

「じゃあ、どうして顔を赤らめたのさ」

「あまりにもあからさまで、聞いていていて恥ずかしかったっていうのが一番近いかしら」

「照れたのかな？」

「そうかもしれませんわね」

「でも僕の愛は響いてない？」

「申し訳ございませんが」

「いや、いいんだ……当然の結果さ。これで次に進めるよ」

「どういう意味ですの？」

「彼らと……、あの日、子爵邸でケニーとダニエルと一晩中話しただろ？　用意してもらった肴《さかな》をつまみながら、たくさん呑んでたくさん話した。あんなにしゃべったのは初めての経験だったよ。その時にね、彼らが持っている君への想いは、私では比較にならないほど深いって思い知ったんだ。彼らは本当に君を大切に思っている。もちろん、彼女たちもね」

「そうですか。そんなことが……」

「君は愛されているね。心から羨ましいと思ったよ」

「ありがたいですわ」

「そこで男同士の約束をしたんだ。もう一度だけ心からの告白をするって。それでダメなら、きっぱり諦めるって。受け入れられるまでは絶対に手は出さないことも約束した。それを彼らは許してくれたんだよ。君にあんなひどいことをして、愛をささやく資格なんてないのに……彼らは最後のチャンスをくれたんだ」

半泣きのルドルフの顔を見ながら、マリアンヌは小首を傾げた。

「そこまでひどいことをされた自覚はないのですが？」

「世間的には万死をもって償うほどの鬼畜の所業だよ。君だから流してくれただけ」

「なるほど……」

「ずっと前に愛は沁みるものだって言ったの、覚えてる？」

「ええ、もちろん」

「ケニーがね、君に愛は沁みないって言ったんだ」

「私に愛は沁みない？」

「うん。彼が言うにはね、君はあまりにもつらい経験を経てきたから、自分でも気付かない間に心をコーティングしたんだろうって。石に水は沁み込まないだろう？　だから石を潤すためには水を流し続けるしかないんだって。雨だれは石を穿《うが》つだけだって言われたよ」

「穿つ……」

「そうだ。動けない石は気まぐれに落ちてくる水滴に晒《さら》されて穴が開いていく。果たして石がそれをよしとするだろうかってね……ケニーはすごい奴だよね」

「そうですわね。雨だれでは石を傷つけているだけですものね」

「うん。それを彼らは根気よく説いてくれた。でも諦めきれないって言ったら、だったら撃沈してこいって。思う存分口説いてダメなら諦めてくれと頼まれた。しかも、チャンスは一回」

「ラストチャンスが先ほどの？」

「そういうこと。もしこの約束を違えたら、私はオスカーに毒を盛られ、ダニエルに刺されて、ケニーに海に捨てられる運命だってさ！　でも彼らは本気だったからね」

「恐ろしい会話ですわ」

「でも本気には本気で応えないとね。だから私は約束を守る。君を諦める。でも……一つだけお願いがあるんだ」

「なんですの？」

そう言って、ルドルフはマリアンヌの手を取った。

マリアンヌは小さく頷いて、ルドルフの目を見返した。

「友達のままではいてほしい」

「ええ、もちろん。あなたは今までも、これからもずっと私のお友達ですわ」

「ありがとう、マリアンヌ。あらためて、これからもよろしく頼むよ」

「こちらこそ。でも、アランの母は続けてもよろしくて？」

「願ったり叶ったりだ！　でも、もしもこの先、君が愛する人と出会ったら言ってね？」

「ええ、その時にはご相談申し上げますわ。それにしても、そんなお話をなさっていたのなら、この前おっしゃった新しい扉ってなんですの？」

「ははは！　あれはわざと言ったんだ。面白かった？　ウケると思ったんだけど失敗した。あれは男と女は友達のままでいられるかって話になって、最初私は無理だと言ったんだけど、彼らと話すうちに可能かもしれないって思えてきたんだ。それが私にとっての新しい扉だよ。だって友人になれる対象が一気に倍になったんだよ？　すごいと思わない？」

「なんだか違うことを想像してしまって……違う意味で不安になりましたわ」

「ごめんごめん！　でも、それくらい私にとっては衝撃的なことだった。開眼した気分だな」

「そうですか。それで？　新しい扉を開いたご感想は？」

「うん。なんと言うか清々しいって感じ？　でもまだ……今はちょっとつらい」

「そうですか……」

「でも大丈夫。時間が解決するよ。失恋から立ち直るには、恋愛したのと同じ時間が必要だって教えてもらった。それから、これからのことだけど、君の希望を最優先したいと思う。マリアンヌ、君はどういう立ち位置を望んでいるの？」

「私は今のままが一番です。とても居心地がよいのです。保険として、今のところはというひと言もつけさせていただきますが」

「なるほど。では、今まで通り仲のよい夫婦でいようか。まさに君が言った夫婦ごっこだね。

これはこれで、なかなかに心地よいし。もちろん口説いたりはもうしない」

「お仕事的にも、その方がよろしいですわ。でも私はアランの母親役はごっこなどではありませんわよ？　そこはご理解くださいませね？」

「本当にありがたいよ」

「そろそろ家庭教師を付けなくてはいけませんね。探してみますわ」

「うん。頼むよ。さあ、君が出ていきたくなるその日まで、私たちは仲良し夫婦だ。そして君とアランは生涯親子で、私は生涯の友だ。それでいいね？」

マリアンヌは満面の笑みで頷いた。


それから数日後、イリーナとケニーがタウンハウスに遊びに来た。

ルドルフは商用で不在だったため、マリアンヌは今が見頃のバラ園に案内した。

「ご機嫌そうだね？　マリアンヌ」

「ええ、このところ、とても体調がいいの。ルドルフが静かになったからかしら」

「それは何よりだ。実はルドルフ様から長文のお手紙をいただいてね。ちょっと様子を見に来たんだよ」

「お手紙？」

「うん。彼は約束を守っているみたいだね。安心したよ。さすがに僕も死体遺棄はやりたくない。それにしても見事な撃沈ぶりだったたらしいねぇ、さすが難攻不落の要塞だ」

イリーナがお菓子を摘まみながら言った。

「途中の馬車で聞いたのだけれど、殿方って回りくどいことをするわよねぇ。ダメなものはどこまで行ってもダメでしょ？　分かりきっているのに、自ら焚火に飛び込むような真似をして。火傷《やけど》しないと理解できないのかしら」

ケニーが笑う。

「男は単純でバカだから。大火傷して動けなくならないと同じ過ちを犯すんだ」

「あなたも？」

「あぁ……そういうところもあるかも？　でも僕は単純だけど、それほどバカではないかな」

イリーナが笑いながら揶揄《からか》う。

「それって言い換えると、究極の臆病者？」

「ひどいなぁ。石橋を叩いて叩いて渡る慎重派だと言ってくれよ」

「あなたは石橋を叩きすぎて壊してしまうタイプだわ」

「ああ、イリーナ。君と話すと、いつも忘れかけていた僕の欠点を再確認できてありがたいよ」

イリーナが肩を竦めてマリアンヌに向き合った。

「マリアンヌはそれでよかったの？　ほとんどの部分に目を瞑《つぶ》れば裕福な侯爵家の女主人だし、仕事も継続できるわ。彼も改心してるみたいだし、世間的にも波風立たないでしょ？」

「うん。だからこのままよ。契約継続ってことね。それにルドルフは、もう口説かないって言ったわ。だから職場環境も大幅に改善できて、とても快適よ」

「なるほど。あなたらしいわ。でも恋は？　諦めるの？」

「諦めないわよ？　もし好きな人ができたら円満離婚してくれるって約束してくれたし。でも私はアランと一緒にいたいから。それでもいいって言う人じゃないとね」

ケニーが静かに言った。

「お！　なんだかいいことを聞いたな。ねえ、マリアンヌ。君は結婚だけが女の幸せなんて思ってないよね？」

「もちろんよ。そもそも女の幸せって男性に縋っているみたいで気持ち悪いわ」

イリーナが激しく頷く。

「そうよね！　女だろうと男だろうと、他人に幸せを求めるのはおかしいわ」

ケニーが肩を竦めた。

「大筋では同意するけど、君たちはマイノリティだという自覚は持った方がいいよ」

3人は笑ってお茶を楽しんだ。

それ以降、仕事の都合なのかケニーとイリーナは、生活拠点を侯爵邸に移したかのように常駐するようになった。

最初はルドルフを牽制しているのかと思ったマリアンヌだったが、何が一番合理的に仕事を進められるかを考えた結果だと言われ、納得した。

ケニーとイリーナの2人は、アランをとてもかわいがった。

ケニーはチェスで経営の基本概念を説き、イリーナはポーカーで心理戦の極意を教えた。

マーキュリーは自作した絵本で歴史を教え、マリアンヌは親子の会話の中で外国語を自然に学ばせた。

「なんだかすごい教師陣なんだけど」

ルドルフは喜びつつも恐縮している。

採用した家庭教師は3人の優秀さを凌《しの》げず、マナーとダンスの授業に専念している。

◆◇◆◇◆

ある晴れた日の午後、珍しくまだ執務室で仕事をしていたマリアンヌのもとにアランがケニーに抱かれてやってきた。

「あら、珍しいわね、アラン。ケニー先生に抱っこしてもらうなんて。何かのご褒美《ほうび》かしら？」

ケニーからアランを受け取ったマリアンヌは、控えていたメイドにお茶の用意を頼んでソファーに座った。

「重たくなったわ、私ではそろそろ抱っこも無理かもしれない」

「そうだね、僕でも重たいと思うのだもの。マリアンヌの細腕では無理かもね。さあ、アラン？　お母様に言うことがあったのだろう？」

ケニーが、マリアンヌの横にちょこんと座っているアランに話しかけた。

「はい、お母様にご報告があったのです。僕は今日、初めてケニー先生に勝ちました！」

「まあ！　すごいわ、アラン！」

「はい！　ハンデはいただきましたが、初めて勝ったのです！　褒めてください！」

「もちろんよ。たくさん褒めてあげるわ！　アメイジング！　フォーベロ！　アソンブローソ！」

「えへへ……。サンキュー、えっと……エフェリスト？　それから……グラシアス！」

「アラン！　愛してるわ」

ケニーが嬉しそうにアランに言った。

「3カ国語かぁ……発音もほぼ完璧だ。それなら十分に通じるよ。それにしてもマリアンヌが心から愛していると誰かに伝えている姿を見るなんて……複雑な心境だ」

「ケニー先生？　なぜ、お母様が僕を愛しているのが複雑なのですか？」

「マリアンヌが君を愛しているのは百も承知さ。でもね、アラン。君のお母様が愛しているという言葉を伝えたのは、君だけなんだぜ？　羨ましくもなるだろう？」

「そうなのですか？」

アランがマリアンヌの顔を見上げた。

「ええ、私が認識できる愛は、あなたへの愛だけなの」

アランがキャッキャと声を出して笑った。

「ケニー先生、僕の2連勝ですね」

「ああ、完全に同意するよ」

ケニーがアランに握手の手を差し出した。

アランが嬉しそうにその手を握る。

2人の笑顔を見て、マリアンヌは思った。

（アランに対する愛はきっと親子愛なのよね？　異性に対する愛も、こんな感じで心が温かくなるのかしら？）

ほんの一瞬そのことをケニーに聞こうとしたが、アランの前で聞くのも憚《はばか》られたマリアンヌは、ただ黙って微笑んだ。

「ということで、マリアンヌ。今日はアランに祝いの席を設けなくてはならないんだ。僕からのご褒美はここまで抱っこしてくることだったんだけれど、君からのご褒美は何かな？」

「そうねぇ……。アランは何がいいかしら？」

「お話しごっこがいいです！」

「お話しごっこかぁ。いいわ、久しぶりにしましょうか。ケニーも参加するでしょ？」

「なんだい？　お話しごっこって」

アランが自慢そうな顔をして説明した。

「順番にお話を作っていくのです。とても楽しいですよ？」

「ふぅ～ん。なんだかよく分からないけれど、君たちはよくやっているの？」

マリアンヌが笑いながら応じた。

「ええ、眠る前によくやっていたの。でもアランも一人で寝るようになったから最近はやっていないわね。あ～、もしかしてアラン？　今夜はお母様と一緒に眠りたいっていうことかしら？」

「えへへ。お母様と一緒のベッドで眠りたいのです」

「ふふふ、いいわよ。今夜は一緒に寝ましょうね、甘えん坊さん」

ケニーが満面の笑みで口を開いた。

「さっき一緒にやろうって誘ってくれたよね？　っていうことは、僕も一緒のベッドに入っていいってことかな？　アラン」

「ダメです！　一緒に寝るのは、お母様と僕の２人だけです！」

「ちぇっ！」

３人は声を出して笑った。


約束通り夕食のあと、談話室に向かった３人の後ろからイリーナが声をかけた。

「ただいま～、もう夕食は終わったの？」

「お帰りなさい、イリーナ。疲れたでしょう？　私たちは食べ終わったの。まだなら用意させるわよ？　ルドルフは？　一緒ではなかったの？」

「ワンド侯爵は取引相手に誘われてバーに行ったわ。私はなんだか疲れてしまって、お先に失礼したの」

「まあ、ご苦労様。すぐに食事にする？　それともお風呂？」

「先に食事をいただこうかしら。きっとお湯に浸かると、すぐに眠ってしまうから」

マリアンヌが口を開く前に、メイドが頷いて調理場に向かった。

「今から談話室でアランへのご褒美会をするのよ。準備ができるまで付き合わない？」

「ご褒美会？　何があったの？　アラン」

「イリーナ先生！　今日、僕はケニー先生に2連勝したのです！」

「まあ！　すごいわね！　ケニーにチェスで勝つなんて！　私なんて1勝99敗中よ！」

アランが嬉しそうにしながらも、もじもじして言った。

「でもハンデをいただいていたので……」

「ハンデがあっても勝つなんてすごいわ！　しかも2連勝でしょう？　それで、ご褒美は何？」

「はい、ケニー先生にはお母様のお仕事のお部屋まで抱っこしていただきました。お母様には今からお話しごっこをしていただくのです」

ケニーが笑いながら言う。

「2連勝っていっても、2戦目は僕の不戦敗なんだけどね。イリーナからもご褒美があるかもしれないぞ？　アラン」

「ええ、もちろんよ！　何がいいかしら……」

アランが嬉しそうな顔で言った。

「イリーナ先生もお話しごっこしましょう！」

「お話しごっこ？」

「意味不明だけど、とても楽しそうなゲームだよ。食事の用意ができたみたいだ。早く食べておいでよ」

イリーナは小さく何度も頷きながら、不思議そうな顔のまま食堂へ向かった。

後ろ姿を見送りながら、３人は談話室に入った。

ホットミルクとワインを運んできたメイドの後ろから、司書のマーキュリーが顔を出した。

「私も参加させていただけませんか？」

「マーキュリー先生！」

アランがソファーから飛び降りて駆け寄った。

「やあ、アラン！　ケニー君に勝ったんだって？」

「はい！」

「すごいなぁ……私からもご褒美があるんだ。喜んでくれると嬉しいのだが」

「なんですか？」

マーキュリーがニコッと笑って手を上げた。

メイドや侍従たちが、両手にクッションを抱えて入ってくる。

見る見るうちに、談話室の床がクッションで埋め尽くされた。

「屋敷中のクッションを集めてもらったんだ。今日は床に寝転がってお話しごっこをしよう！」

「す、すごい……」

アランが感動している。

ケニーが微笑みながら口を開いた。

「さすがですね～。これは気付かなかった。大人でも嬉しいですよね。もう風邪を引くような季節でもないし、今夜はここで雑魚寝《ざこね》しましょう」

マリアンヌが苦笑しながら言う。

「だったら先にお風呂に入って、部屋着に着替えてこない？　5人でパジャマパーティーね」

「ああ、素敵な夜になりそうだ」

マーキュリーがぼそっと言った。

「ルドルフに恨まれそうだな。でも、とても楽しそうだね。では1時間後に集合しようか」

1時間後に再集合したメンバーは、それぞれお気に入りのクッションを抱えて床に座った。

思い思いの格好で寛《くつろ》ぎつつ、好みの飲み物を口に運ぶ。

気を利かせた執事長が軽食とスイーツを運んできた。

「さあ、スタートは誰かな？」

「そりゃ、やっぱり今夜の主役でしょう？」

「そうだな。じゃあアランから始めようか。ところで2人はルールを理解しているの？」

「「いや、全く」」

イリーナとケニーが首を横に振った。

「じゃあ簡単に説明するね。このお話しごっこはマリアンヌが考案したんだ。一人ずつ物語を回して創作していくだけなんだけど、これがなかなか奥が深いんだよ」

くすくすと笑いながら、マーキュリーが説明した。

ケニーが口を開く。

「なかなか楽しそうだ。では、アランからスタートだ」

「うん、じゃあねぇ……、昔々あるところに、一人の寂しい男がいました。その男は独りぼっちで毎日空を見上げていました。じゃあ、次はお母様！」

「いいわ。毎日空を見上げてばかりいたその男は、いつの間にか瞳が空の色になっていました。空色の瞳になった男は空と風と友達になったような気分で嬉しくなりました。次はマーキュリーよ」

「う〜ん……具体性に欠けると想像が難しいな……。その男はもともと船乗りでした。世界中を旅することが男の夢でした。男は希望通りいろいろな国に行きましたが、嵐に巻き込まれて片腕を失ってしまい、船乗りの仕事ができなくなったのです。次はケニーだな」

「なかなか過酷な運命にしましたねぇ……。しかし男は片腕になったことを悲観せず、できる仕事を探したのです。それが空を見上げるという仕事でした。その仕事を男に命じたのは、男が住んでいる国の王様でした……。ははは！　ごめん、イリーナ」

「空を見上げる仕事って……。仕事の内容は風を読むことでした。風は毎日変わります。風向きも強さも色も匂いも、全てが毎日違います。時間によっても変わります。その変化によってどんな影響が出るのかを観察するのが、その男の仕事だったのです。さあ！　頑張って、アラン」

「うっ……。ある日のこと、その男は気付きました。『今日の風は緑色だぞ。何か起こりそうな予感がする』そう思った男は風を読む仕事をくれた王様に報告に行きました。『王様！　今日の朝は風が緑色でした』お母様！　よろしくです！」

「緑色の風ってなんだか素敵ね！　男の報告を聞いた王様は言いました。『緑色の風なら、きっといいことがありそうだな。ふむふむ……ご苦労だが観察を続けてくれ』男は頷いてまた風を読みに向かいました。さあマーキュリー、腕の見せ所よ！」

「緑色の風か……きっと東の方だな。いつも風を読んでいた場所に戻った男は、ふと気付きました。『あれ？　なんだかいい匂いがするぞ？　この匂いはなんだ？　美味しそうな気もするな。少し甘そうな匂いだな』男は鼻をぴくぴくと動かしました」

マーキュリーが、イリーナの顔を見てウィンクをした。

「甘くて美味しそうな匂い……男は観察することを忘れて、その匂いが漂ってくる方向に歩いて行きました。『ふむふむ。これはパンケーキの匂いだな？　かかっているソースはきっとハニーミントだな？』男はますます匂いが強くなる方へ、導かれるように歩きます」

イリーナが、アランの方へ笑顔を向けた。

「イリーナ先生……。ハニーミントソースって僕は苦手なんですけど……」

イリーナが笑いながら言う。

「だって〜、自分で緑色の風にしちゃうんだもの〜」

「ああ……オレンジ色の風にすればよかった……。男は蜂蜜が多めのハニーミントソースの匂いに釣られて、どんどん歩きました。途中で男は気が付きました。『あれ？　今度は風がピンク色になったぞ。でも甘い匂いはそのままだ。不思議だな』男は歩き続けました……。お母様！」

「なんだか無理やり好きなソースに変更しようとしているわね？　ピンク色で甘い匂いの風に包まれた男は、なんだか幸せな気分になってきました。その色の風は春を連想させたからです。春は全てが新しく始まるような気分になる季節です。そして男はいつの間にか、一軒の家に辿り着いていました」

「お！　いいねぇ～、春の匂いか。春といえば、桜かな？　辿り着いた家の庭には大きな桜の木がありました。その木を見上げた男は気付きました。『最初の緑色の風はハニーミントじゃなくて桜の若葉だったんだ。そして次のピンク色は桜の花だったんだな。この木が呼んでくれたんだ』と」

イリーナがニコニコ笑いながら続けた。

「朝まででも続けられるけど、どうも主役が眠ったみたいよ？　ここからは大人だけの時間かしら？」

イリーナの言葉に、マリアンヌがアランを見る。

「あらあら、寝ちゃったわね。今夜はこのまま寝かせてあげましょう。みんなもこのまま、ここで寝ちゃう？」

「いいね～。でもお話しごっこはここで一旦終わりかな？　なんだか消化不良じゃない？」

ケニーが笑いながら言った。

「それがいいのよ。終わらないのがいいの」

イリーナがワインを一口飲んで言うと、全員がイリーナの言葉に頷いた。

マリアンヌが眠っているアランの髪を手ですくいながら微笑んだ。

「マリアンヌ、母親の顔になったわねぇ……。あなた、とても幸せそうよ」

イリーナがマリアンヌに声をかけた。

「そう？　この感情が幸せっていうのかしら。そうね、確かに心がとても穏やかだわね」

そう言ったマリアンヌに、ケニーが微笑みかけた。

「アランは幸せだよ。君がアランを幸せな子供にしているんだ。そしてアランが君を幸せにしているんだね。この幸せがいつまでも続くことを心から願っているよ、マリアンヌ」

「ありがとう、ケニー。久しぶりにアランとお話しごっこをして楽しかったわ。そう言えばアランが勝ったって、どんなハンデをあげたの？」

「僕の駒を半分にしたんだよ。それでも今までは勝っていたんだけど、アランは学習能力に優れているね。この歳で三手先まで読むようになった。ちょっと驚いたよ」

「そう？　ありがたいわ。いい感じで手加減してくれたのね？　相変わらず優しい人」

マリアンヌは、アランの頭を優しく撫でた。

アランがマリアンヌの方に寝返りを打ち、マリアンヌのガウンを握りしめて頬を寄せた。

「アラン……。愛しているわ」

ケニーが穏やかな声でマリアンヌを促した。

「さあ、アランは僕が運ぶよ。君もゆっくり眠りなさい、マリアンヌ」

「ええ、ありがとう。みんなもアランに付き合ってくれて、ありがとうね。おやすみなさい」

「ええ、おやすみなさい。よい夢を」

イリーナがマーキュリーと共に立ち上がり、ケニーがゆっくりとアランを抱き上げる。

マリアンヌは、ケニーの腕の中で眠り続けるアランの頬を指先で撫でた。

アランとマリアンヌを送り届けたケニーは、笑顔のまま自室のある3階に向かった。

7章　いっそ滅んでしまえばいいのです

穏やかな風のある日の午後、ルドルフがマリアンヌとケニーをお茶に誘った。

領地特産の紅茶に桃の実を切って入れたフレーバーティーだ。

「ところでマリアンヌは、実家のこととか気にならない？」

律儀に愛称呼びを止めたルドルフを見て、ケニーがにっこり微笑んだ。

ケニーがなぜ微笑むのか分からないマリアンヌは、まるっと無視して返事をする。

「実家？　ルーランド伯爵家ですか？　全然気になりませんが、何かありましたの？」

「いや、大したことじゃないんだけどね。どうもかなり困窮《こんきゅう》しているという話を聞いてね。もし君が気になるならと思ってね」

「お心遣いはありがたいですが、私はちっとも気になりませんわ。ああ、でも使用人たちは別ですわね。と言っても、私がいた頃の使用人たちだけですが」

「もし残っている者がいれば、助けてあげたい？」

「そうですわね。できれば」

「ちょっと調べてみたけど、昔からいる使用人は執事長とメイドが数人だけみたいだね」

「執事長ですか？　もう相当な年齢だと思いますが、まだ頑張っていたのですね」

「そうなの？　まだそんなに老いぼれてる感じじゃなかったけど」

「お会いになりましたの？」

「ああ、ちょっとした手紙を届けてくれたんだ」

「あら、もしかしてルーランド伯爵様からの嘆願ですか？」

「まあね。今のところは断るつもりなんだけど。なんせ君の実家だろう？　相談した方がいいかなって思って」

「まあ！　お気遣いありがとうございます。でも……」

「でも？」

「母のことを考えると、いっそ滅びてしまえばいいのです！　というところでしょうか」

「じゃあ滅ぼしちゃう？」

「でも、私としてはちょっと違うかな？　う～ん……」

「あれ？　悩ませちゃったな」

「ルドルフならどうします？」

「私なら？　そうだねぇ、私がマリアンヌの立場だったら、間違いなく復讐する。でもほら、私は君の父親と同じ過ちを犯しちゃったでしょ？　だから、ちょっと同情してるかも？」

「なるほど」

ずっと黙って聞いていたケニーが口を開いた。

「僕はね、マリアンヌのケースは周りの対応が違えば、別の結果になっていたんじゃないかなって思うんだ。当然一番愚かなのは、愛した人を信じきることができなかった男だけどね。あれ？　ルドルフ様？　泣いてます？」

「泣きそうだが……まだ泣いてはいない」

「じゃあ続けますね。リリベル様には君という強い味方がいたでしょ？　もっと言えばリリベル様本人も、平民出身で精神的にもかなり強かった。でもマリアンヌの母上には、周りにそういう人がいなかったんじゃないかな？　ご本人も貴族令嬢として育てられているから、逆境に慣れていなかったのかもしれない。それに、ご実家には帰れなかったんでしょ？」

「ええ、不貞の子供を産んだと勘当されたと聞いていますわ」

ルドルフが顔をしかめて言った。

「そりゃひどいね。仮にそうだとしても、親なら助けてやるべきだろう？」

「本当にそう思いますわ。まあずいぶん前に没落したそうですけど」

「そんな狭量じゃあ没落は当然だ。世間はそんなに甘くない」

ルドルフが腕を組んで、プンプンと怒っている。

「正直なところ、あの方たちには興味がないの。繁栄しているならおめでとうと思うし、困窮しているなら……そうねぇ……ご愁傷様？」

ケニーが笑いながら言った。

「ははは！　興味がないのか。なるほどね。でも僕はちょっとお仕置きしたいなぁ」

「お仕置きかぁ。ルドルフはアランを認めた時って、どんな気持ちになったの？」

「そうだなぁ、ものすごく後悔したな。自分の愚かさを思い知ったというか、すごくつらかった。死んで詫びようかと思ったくらいね。でもその時には既に気持ちが離れてたっていうか、リリベルには本当に申し訳ないと思ったけど、お互いに意地の張り合いだったから。もう元の2人には戻れないし戻ろうとも思わなかったかな。もしも私が心から謝罪して、リリベルがそれを受け入れたとしても、傷つけ合う未来しか見えなかった」

「リリベルも同じようなことを言っていたわ。それにしても遠い昔みたいに言うのね」

「うん。もう遠い昔の思い出だな。涙が出るほど甘くて苦い思い出だ。しかも、私の初恋」

「どうして最初の頃に、アランの顔をちゃんと見て確認しようって思わなかったのかしら」

「だってそれは……勇気がなかったんだと思う。似てなかったらどうしようって思ったし、逆に似てたら、この愛を殺したのはお前だっていう証拠を突きつけられるようなものだし。だから逃げた。家宝の壺《つぼ》を壊した程度なら、すぐにでも土下座して謝れるんだけど、愛となると怖すぎて逃げるしかなかったんだ。姑息《こそく》な男だよねぇ。ホントに情けない」

「でもそれをきちんと言葉にできるほどには、思い悩んだってことでしょう？　ちゃんと自分の闇と向き合ったのだから。あなたはとんでもない過ちを犯したけれど、罪を犯した自分をまだ許していない。でも、もう過去にしていいと思うわ。リリベルは幸せになったわよ？」

「ありがとう、マリアンヌ。そう言ってもらえると救われるよ。友達ってありがたいな」

「もしかしたら、ルーランド伯爵も同じだったのかもしれないわね。だって母の葬儀の時だって、私の顔を見ようともしなかったのよ？」

「うん。なんと言うか……ちょっと気持ちが分かるのが、つらいな」

「ルーランド伯爵は後悔しているのかしら」

「してるとは思うけど、現実味を帯びてないというか、逃げ続けているのかもね」

「なるほど。それなら今の状況も当然ね。悔いはしてもあらためていない」

「そうか。そうだよね」

「ルドルフ。助けるつもりでしょう？」

「うん。怒った？」

「いいえ、ありがたいと思うわよ？」

「でもね、ちょっと条件を付けようかなって考えてる。マリアンヌは何か考えがある？」

「そうねぇ……夫婦揃って素っ裸で大通りをぐるっと走らせます？」

「それは別の意味で犯罪だから！」

ケニーがその光景を想像したのか、大笑いしながら言った。

ひとしきり笑ったあと、ふと真面目な顔になったケニーが口を開く。

「じゃあ、こういうのは？　伯爵には君のお母様の墓の前で心からの懺悔《ざんげ》をしてもらう。そして伯爵夫人には君に土下座をさせるんだ」

「夫人が？　私に？」

「うん。表立ってはいないけれど、君がつらい幼少期を過ごすことになった一番の原因は彼女だよ。マリアンヌは孤独な子供だったけど、同じ立場のアラン様は違う。これは伯爵夫人と君の度量の違いだからね。あの時、夫人が幼い君の顔や仕草などをきちんと見ていれば、夫を諫めることだってできたはずだ。それを怠って、自分の幸せだけを守ろうとした罪は重いぜ」

「なるほどね。私としては今さらって感じだけど……」

ルドルフが立ち上がった。

「いや！　やろう。あちらが断るなら、それでいい。さっさと没落してもらおうじゃないか」

「2人とも楽しんでます？」

「あれ？　君は楽しくない？」

「そうですわねぇ。夫人の土下座はどうでもいいですが、母の墓前に蹲って泣いて詫びる伯爵は見たいかも。その泣きっ面《つら》を札束で叩いて高笑いでもしてやろうかしら？」

「いいねぇ～！　よし！　決まりだ！」

ルドルフとケニーは、悪い顔をして握手を交わした。


体裁は保っているが微妙に草臥《くたび》れている服装で、ルーランド夫妻は玄関に立っていた。

ルドルフにエスコートされ、優雅に歩み寄るマリアンヌを見て伯爵は驚きを隠せない。

2人に続いて馬車を降りるケニーに抱かれた小さな男の子の姿に目を見開いている。

ベンジャミンと3人のメイドが、そんな伯爵夫妻を追い越してマリアンヌに駆け寄った。

「お嬢様！　ご立派になられて」

泣きすがる使用人たちを宥《なだ》めるマリアンヌと、それを優しく見つめるルドルフとケニー。

伯爵夫妻は、挨拶のタイミングを逸《いっ》して気まずそうに佇んでいた。

「さあ、応接室にご案内いたします」

ベンジャミンが4人を案内し、その後ろに伯爵夫妻が続いた。

ソファーに座るルドルフとケニー。

壁際に置かれた長椅子にマリアンヌとアランが座った。

「どう？　昔と変わらない？」

ルドルフがマリアンヌに聞く。

「どうでしょう？　この部屋に入るのは初めてなので分かりませんわ」

「自分の家なのに入ったことないんだ」

「ええ、禁じられておりましたから」

「変わった家風だねぇ」

「まあ、ルドルフったら。そんなに皮肉らなくてもよくってよ？」

「ははは！　まあ、いいじゃない。ねえ、伯爵？」

「は、はあ……あの……この度は……なんと申しますか……」

「ええ、ご依頼の援助のことでお話に来ましたよ。あまり長居もしたくないので端的にお話ししますね。ご要望の金額ですが、まずは明細を教えてください。爵位を継続するための金なら考慮しますが、それ以上の援助は考えていませんので」

「はっ！　はい。それはもう！」

ルーランド伯爵が書類をテーブルに広げ、ルドルフが一枚ずつ丁寧に読んではケニーに渡していく。

ケニーは受け取った書類の細部まで厳しい目で確認した。

2人の目は、鷹《たか》のように鋭い。

全てを確認し終えた2人は頷き合い、ルドルフが口を開いた。

「なるほど、ほとんどが借金の返済ですね。それにずいぶん長い間、つつましく暮らしておられるようだ。領地の方はどうなのです？　立ち直る目途《めど》はあるのですか？」

「領地の方は細々ではありますが、安定した収入を見込める状態だったのです。しかし、昨年発生した蝗害でほとんど収穫できない状態でして……」

ケニーが遠慮なく言った。

「麦以外の特産品は見込めないのですか？　このままでは同じことの繰り返しですよ？」

「おっしゃる通りです。特産品と言うほどのものは蜂蜜ぐらいしかないのです」

主人を庇う気もないように、ベンジャミンがあとを引き取った。

「昔は刺繍工芸が大きな収入源でした。それは前伯爵夫人が進められたもので安定した収入もあり、伸びしろも期待できていたのです」

「なぜ止めたのです？」

「それは……現伯爵夫人が興味を示されなかったからです」

それまで俯いたまま黙っていたルーランド伯爵夫人が、パッと顔を上げた。

「そ、それはそうかもしれませんが、私は主人の言う通りにしていただけです。子供を育てることだけに専念すればいいと……」

「失礼ですが、子供というのは？」

「はい、2人おります。上が男で下が女ですの」

「もう一度聞きますね？　お子様は？」

「は？　はい。2人だけで……」

ルーランド伯爵が、夫人のドレスの袖をグイッと引いた。

何がいけなかったのか分からない夫人は、夫の顔色を窺いながら俯く。

黙り込んだ夫人の代わりに、伯爵が口を開いた。

「この妻との子供は確かに2人ですが、前妻との間に一人。マリアンヌが……」

ルドルフは容赦なく確認する。

「ワンド侯爵夫人であるマリアンヌを、伯爵はご自身の子だとお認めになるのですね？」

「恥ずかしながら、マリアンヌの顔を見たのは数回しかなく……今、とても驚いています」

「それは？」

「私に似ていると、思いまして……」

「なるほど。私はあなたの顔を見るのは2回目だが、本当に似ていると思いますよ。髪や瞳の色が違っても分かるほどにね。それは何を意味するか、ご理解されましたか？」

「はい、本当に……愚かなことを……」

伯爵はソファーから降りて、マリアンヌに向かって跪いた。

「マリアンヌ……すまなかった……。本当に……私はなんということを……」

マリアンヌが口元を扇で隠しながら、きっぱりと言った。

「謝罪は結構ですわ、ルーランド伯爵様。どんなに詫びられようと、時間は戻りません」

「うん、そうだね。でも謝らせてほしい」

「お断りいたします。それに伯爵様？　詫びるなら私だけではありませんわよ？」

「あっ、ああ……そうだね。ハンナに……ハンナに詫びねば……」

「ええ、それについては心の底から詫びていただきましょうか」

マリアンヌの暗い視線に耐え切れず、ルーランド伯爵はわざとらしく話題を変えた。

「……その子は？　マリアンヌの子供だね？　白い結婚という話だったと記憶しているが、まあ一緒に住んでいるのだから、そうなるのは仕方がないさ。それにしてもかわいいね。お2人にそっくりだ。目元はワンド侯爵かな？　口元はマリアンヌだね？」

マリアンヌが急に立ち上がった。

ケニーが駆け寄り、母親の剣幕に驚いているアランを助けるように抱き上げた。

「リック・ルーランド伯爵。あなたはバカですの？　ねえ！　バカですの？　詫びたいと言いながら、何も見ていない！　いいえ、見ようともしていない。本当に何一つ理解していないわ！　お金が欲しいだけで詫びるふりをするなら結構です。必要ありません。あなた方を助ける理由は消え失せました。あなた方も消えてなくなりなさい！　帰りましょう。時間の無駄だったわ」

ルドルフがマリアンヌの肩を抱いて、伯爵の前のソファーに座らせた。

怒りに震えているマリアンヌを優しく労《いた》わりながら、ルドルフが穏やかな口調で言う。

「マリアンヌが怒るのは当たり前だ。どうも、この援助は捨て金になりそうだね」

伯爵夫妻が同時に顔を上げた。

それを見てニヤッとケニーは口角を上げた。

「それでは……あの、どうすればご支援を……」

伯爵が青い顔で、おどおどと口を開く。

ルドルフが困ったような顔を作りながら、諭《さと》すように口を開いた。

「う～ん。そうだね……ねえマリアンヌ、アランが君と同じ色だから、彼はまたそこだけで判断してしまったのだろうか？　まあ口元がっていうところは、本当にいただけないけど。その場凌ぎだったのかな？　それとも、でまかせ？」

「はぁぁぁ～。もういいですわ。早く終わってください」

「うん。分かった。では伯爵、援助については前向きに検討するよ。でも条件が2つある」

「それはもう、なんなりと！」

「うん、いい覚悟だ。一つは失意のまま命を散らせた前伯爵夫人の墓前で、あなた自身があなたの言葉で心からの詫びをすること。そしてもう一つは……」

マリアンヌが、ルドルフの袖を引いた。

「もう一つの方は本当に結構です。されても余計に虚しくなりそうですし。ほら、ご覧になって？　何も理解しようとしていない。まるで一番の被害者のような表情ですわ」

ルドルフが伯爵夫人の顔をじっと見た。

夫人はなぜ見られているのか分からない様子で、おどおどと夫の顔を窺う。

手を握りしめた伯爵が、躊躇《ちゅうちょ》しながら言った。

「妻に……謝罪を求めるということでしょうか」

「いいえ、何について謝るのか分からない方に、何も求めるつもりはございませんわ」

「詫びるべきは私なのです。しかし、おっしゃる通り妻がもっと賢ければ違っていたのも事実です。しかし、私がさせなかったんだ。私が全て悪いのです。私が、全て……ハンナ……ハ、ンナ」

ルーランド伯爵は顔を覆って泣き出した。

夫人は何が起きているのか分からず、ベンジャミンとマリアンヌの顔を交互に見ている。

「行きましょう。ここは空気が悪いわ。それに私はあの日、この家に戻るくらいなら死を選べと命令されていますし」

「それはまた！　マリアンヌに何かあったら大変だ。ケニー、アランを頼めるかい？」

ケニーが小さく頷いて、アランを抱いてマリアンヌに寄り添った。

退室しようとするルドルフに、追い縋って夫人が跪く。

「あの、援助は……援助はいただけるのでしょうか」

ルドルフが薄く笑って言った。

「この期《ご》に及んで出るのが、その言葉とは。ええ、借金の返済分だけは援助しましょう。その代わり2つ目の条件を変えますね。お2人はもう引退なさい。どこぞに移り住んで、静かに愚か者同士でお暮らしなさいな。借金さえ返せれば、爵位は息子さんに譲れるんだ。あとはご本人の努力次第だし？　でも、これが最後です。まあ、マリアンヌを学院に行かせてくれたお礼だと思えばいいですよ。返済については次期伯爵と話しましょう」

「ありがとうございます……ありがとうございます」

夫人は泣きながら呪文のように礼を言った。

その姿を見たマリアンヌは、怒るのもばかばかしくて少し泣きたくなった。

ケニーがマリアンヌの肩を強く抱いた。

アランはマリアンヌに手を伸ばし、マリアンヌはアランのその手に頬を擦り寄せた。

泣きじゃくって立ち上がれない伯爵と、いまだにおろおろするだけの伯爵夫人を置き去りにして、馬車に乗り込もうとする4人を追ってベンジャミンが走ってきた。

「お嬢様！　ありがとうございました」

「ベンジャミン、先ほどワンド侯爵がおっしゃった『学院に行かせてくれたお礼』というのなら、彼らはあなたに頭を下げないといけないわよねぇ？」

「いいえ、お金を出されたのは伯爵ですから」

「では、これでもう貸し借りはなしね。もしこの先、この家が没落して職を失ったら、私に相談してちょうだい。あなたたちの仕事ならいくらでも紹介するから」

「はい、分かりました。でも、もうしばらくここで頑張ってみましょう」

「あなたも本当に人がいいわね」

「そうでしょうか？」

「元気でね。あなたには心から感謝しているのよ。そう言えば一度聞きたかったのだけれど、オスヤ先生はどうしておられるのか知っている？」

「家庭教師のミセス・オスヤですか？　お嬢様が学院に向かわれたあと、すぐにお辞めになりましたよ。『マリアンヌ様を私の最後の教え子にしたい』とおっしゃって。その後は手紙のやり取りもなく、消息は存じません」

マリアンヌは悲しそうな顔をした。

そんなマリアンヌを見ながらケニーが言った。

「ぜひお会いしたかったな……。本当に残念だ」

マリアンヌは気を取り直すように口を開いた。

「そうね、お会いしたかったわ。何か分かったら教えてちょうだい。ベンジャミン、健康には気を付けてね。あまり無駄に頑張らない方がいいわよ？」

「ありがたいお言葉です。お嬢様も、どうかお健《すこ》やかに」

４人を乗せた馬車がゆっくりと走り出す。

馬車が見えなくなるまで、ベンジャミンは手を振り続けた。

馬車の中でマリアンヌがルドルフに聞いた。

「どうして伯爵家を助ける気になったの？」

「なんて言うかなぁ。どの口で誰を責めてるんだって言わない君たちに、まずは感謝するよ。」

言いながら自分を詰《なじ》っているようでね。泣かなかった私を褒めてほしいくらいだ。今回の件は、私の贖罪《しょくざい》かな。もし伯爵が私の条件を呑んでくれていなかったら、私たちの今はなかっただろう？　おそらく私も彼らと同じ道を辿っていたと思う。彼らは私のバッドエンド・リアルパターンで、アランは君のハッピーエンド・リアルパターンなんだと思うんだ」

「そうかもしれないわね。アランは明るいいい子だし、リリベルも死なずに幸せを掴んだし。彼女が幸せになって本当によかったわ。なぜか私まで救われた気分だもの」

「そうか……ケニーも本当にありがとう。でも君としては不完全燃焼かな？」

ケニーは黙ってルドルフにサムズアップした。

「マリアンヌがいいのなら、それでいいのですよ。ねえ、アラン？」

アランがケニーの腕の中でキャッキャと笑った。

◆◇◆◇◆

それから半年後、全ての手続きを終えたルーランド伯爵は息子に爵位を譲り領地に戻った。

領地にあった屋敷は売り払い、伯爵家の墓地がある丘の近くの小さな家に移り住んで、畑を作ってつつましく暮らした。

リックは自分で育てた花をハンナの墓に供え、涙ながらに懺悔する日々を送っている。

夫婦で暮らしているが、ハンナの墓に行くのはリックだけだ。

平民リックとなった彼は、命が尽き果てるまで悔恨の日々を送るのだろう。

許されることも貶《けな》されることもなく、ただ虚無の中で朽ち果てていくだけの人生。

マリアンヌはルドルフとケニーに誘われて、一度だけその様子をこっそり見に行った。

遠くから見たリックは痩せて、背中を少し丸めて歩いていた。

マリアンヌたちに全く気付かないまま、黙ってハンナの墓標の前に跪き、掃除をして花を手向《たむ》け、じっと祈る。そして冷たい墓石に縋りついて、声を上げて泣いていた。

「ただの石に縋りついても仕方がないのに。意味が分からないわ」

ケニーがマリアンヌに言う。

「そう？　生きているうちに謝れなかったから、絶対に許しをもらえないってすごい罰だよね」

「天国の母は許しているのかしら」

「マリアンヌなら許す？」

「私は……どうかしらね」

ルドルフがお道化て言った。

「札束で顔をひっぱたくって言ってたけど？　やらないの？　一応準備はしてきたけど」

「まあ！　あなたったら！　本当に札束を持ってきたの？」

「うん。結構なダメージを与えられるくらいは持ってきた」

「ルドルフ……」

「バカだって呆れてるでしょ」

「伯爵は嫌いな部類のバカだけど、あなたは興味深い部類のそれだから許容範囲だわ」

「ありがとう、マリアンヌ」

「さあ、早く帰りましょう。アランが待っているわ」

それから二度と、マリアンヌがそこを訪れることはなかった。

リックは今日も、ハンナの墓前に蹲っていることだろう。

8章　ケニーの20年

それからさらに数年後、ダニエルとオスカーが率いる薬膳レストランも順調に店舗数を増やし、ワンド侯爵家はますます発展していた。

早くから人員の育成に注力していたマリアンヌは、徐々に仕事量を減らして、部門それぞれの責任者に決定権の多くを委譲し、第一線から一歩引いた経営スタイルを確立した。

全事業の統括的な役割を受託するリッチモンド商会とそのサブマスターであるケニーの存在は、経済界で不動の地位を確立している。

そしてアランが貴族学園3年生になった秋、マリアンヌが絶叫するほどの出来事があった。

「えっ〜〜！　けっっっ、結婚するの〜〜！　今までの人生で一番びっくりなんだけど」

ルドルフとマリアンヌ、そしてケニーの前で腕を組んでニコニコしながら立っているのはマーキュリーとイリーナだ。

3人は開いた口がふさがらないまま、石像のように固まっていた。

「ええ、彼の知識量は素晴らしいわ。まるで歩く百科辞典よ。私はそこに惚れ込んだの。それに顔も性格も好きだし」

「僕は彼女のクールな人柄の虜《とりこ》になった。もちろん容姿も全て好きだけど。彼女と地方都市の発展をテーマに語り合うひと時は、僕にとってまさに至福の時間なんだよ。学生時代に古代文字で書かれた文献を読めた時の感動を思い出すほどさ。僕たち2人なら、お互いの存在意義を尊重し合える夫婦になれると思うんだ。祝ってくれるだろ？」

「え、ええ、もちろんよ。す、素晴らしいわ」

マリアンヌが慌てて肯定し、ルドルフは口を開けたままコクコクと頷くだけだった。

そしてケニーが、ぼそっと言った。

「変態夫婦の誕生だ」

2人の披露宴はワンド侯爵邸で開かれた。

エントランスを開放して、気心が知れた仲間だけで祝う心温まるパーティー。

ダニエルとララも駆けつけ、オスカーがアーラン州の名物料理に腕を振るう。

結婚を機に、マーキュリーは実家の籍から抜けて、平民戸籍をイリーナと共に作る予定だったが、持っていた方が後々助かるからと、ルドルフは所有する子爵位を祝いとして贈った。

ヘッセ子爵の誕生と共に、子爵夫人となったイリーナ。

2人は侯爵邸の近くに屋敷を構え、マーキュリーは相変わらずワンド侯爵家の司書として出勤し、イリーナは精力的に会社を発展させている。

社交シーズンを終えたマリアンヌが、領地視察に向かう馬車の中でぽつっと言った。

同行しているのはケニーだけだ。

ルドルフは王都での営業活動に飛び回り、アランは勉強で忙しい。

「私ね、初めて人を心から羨ましいって思ったの」

「イリーナのこと？」

「うん。とても幸せそうだった。しかも生活ペースは何も変わっていないでしょ？　すごいと思うわ」

「ああ、それはきっと相手の度量だね。あの2人はお似合いのカップルだ。羨ましいってことは、マリアンヌも結婚したくなった？」

「忘れているみたいだけど、私は一応人妻よ。でもまあ、なんと言うか、あんな夫婦になりたいなって思った」

「ルドルフ様と？」

「まさか！　何回生まれ変わっても絶対にないわ」

「ははは！　安心した」

「安心？　どういう意味？」

「僕が結婚に重きを置いていないのは知っているだろ？　まあ相手の女性が結婚したいって言ったら、喜んで即実行するけどね。でも結婚だけが全てではないでしょ？　結婚しなくてもあの2人のようなお互いを尊重するカップルにはなれると確信しているんだ」

「籍は関係ないってこと？」

「うん。いつか話したよね。籍は公的な家族の証明ではあるけれど、本物の証明ではない。要は心の繋がりだと思うんだよね。まあ男としては体の繋がりも欲しいところだけど、僕にとってはさほど重要ではないかな。そもそも僕は跡継ぎを作らないって決めていたしね」

「子供が欲しくないの？」

「うん。子供は好きだけど、自分の子供はいらないかな。もちろん子供ができたら喜ぶし、全身全霊で育てる自信もあるけど。育ててもらった家族に跡目争いなんていう禍根《かこん》は残したくないんだ。そもそも僕に似た子供なんて……考えただけで厄介《やっかい》そうだ」

「ふふ、確かに！　かなりの確率でアイロニカルな子供になりそうだわ」

そう言って笑うマリアンヌの目を、ケニーが真面目な顔で覗き込み、とてつもなく優しい笑顔で話し始めた。

「ひどいなぁ。まあ、否定はしないけど。ねえ、マリアンヌ、ちゃんと聞いて？　僕はずっと君が大好きなんだけど、君は僕のことをどう思ってるの？」

一瞬の戸惑いもなく即答するマリアンヌ。

「もちろん大好きよ。あなたといると楽しいし、とっても心が落ち着くの」

ふっと笑ってケニーが続けた。

「マリアンヌは自分の子供が欲しい？」

「いいえ？　自分の子供とか考えたこともないわ。でもあなたと同じね。もしできたら嬉しいし、それこそ命を懸けて育てる。でも私にはアランがいるから、それで十分よ」

「なるほどね。そんな君に提案なんだが。僕と、一緒にならないか？　生涯のパートナーになってほしいんだ。僕は結婚に拘《こだわ》っていないから、君が侯爵夫人という今の仕事を続けていても構わない。僕は……ただ君に寄り添い続ける権利が欲しいんだよ」

「ありがとう、ケニー。私はたぶん、あなたのことをこの世で一番信頼していると思う。あなたと心を通わせて人生を歩めるなら、とても素敵だと思うわ。でも私はアランがいつか結婚して独立するまでは、あの子の母親でいたいの。それからでもいいの？」

「もちろんだ。君のやりたいようにすればいい。ああ、やっと言える日が来た。嬉しくて泣きそうだな。まさか君が、卒業と同時に結婚するとは思ってなかったから」

「うん。あれは私も予想外だったわ」

「僕はね、マリアンヌ。君に一目惚れだったんだ。あの時……そう、君が入寮した初日だね。

イリーナに頼んで声をかけてもらったんだよ。気付かなかったでしょ？　まるで初対面のように紹介されたものね。それから毎日一緒に過ごすうちに、君の人柄がとても可愛く思えて更に好きになった。だから一生大切にしようと心に決めたんだ。それからずっと、君が何に喜び、何に悲しむのか。何を求めて、何を避けるのかを観察した。君という一人の人間を完璧に理解しようと努力したんだ。心の闇も含めてね」

「全然気付かなかった……」

「そりゃそうだよ。絶対に気付かれないようにしてたもの」

「どうして？」

「君は、自己顕示欲が異常なほど低いから。見られてるって意識すると、自分を隠そうとするんだよ。無意識のうちにね。人の目を気にしていないようで、ものすごく気にしている。だから必要以上に気を遣うんだ。そして君は、自分を中心に据えて物事を判断するのがとても苦手だ。どうすれば相手に喜ばれるかばかりを考える傾向が顕著だね。むしろ、それしかない。おそらくそれは君が座右の銘《めい》にするほど拘っている『人には尽くすけど、誰かに幸せにしてもらおうとは思わない』っていう考えから来ているんだろう。だから君の判断基準は、自己ではなく他者であり、それを自然に受け入れている。ここまではいい？」

「うん。私よりあなたの方が、マリアンヌという人間を理解しているような気分だわ」

「それは正しい感想だ。僕は君を知っている自信があるよ。あの頃の僕はね、ただ君に寄り添うだけの存在になりたかった。君という人間に対して、何も足さないし何も引かない。何も与えないし、何も求めない。いつも側にいるだけの存在だよ。そうしないと君は僕にまで気を遣ってしまうから。それは僕の本意じゃない。君という一人の人間を、とにかく楽に過ごさせてやりたかった。せめて学生時代だけでもね」

「ありがとう。そうね、あなたはいつも見守ってくれていた。余計な手も口も出さないけれど、困っている時はさりげなく助けてくれたわね」

「だけどそれは、学生時代の10年だけって考えていた。君が卒業したらすぐに求婚しようって決めていたんだ。君の卒業式に行って、君の馬車を追って君の街に行った。即日じゃあまりにも急《せ》かしすぎると思って、正装して花束を準備してさ。次の日の昼前に君の家に行ったら、もう嫁ぎましたって言われたよ。目の前が真っ暗になって動けなかった」

「あの日は、まだ暗いうちに出たの」

「うん。対応してくれたメイドさんに聞いた。彼女は泣いていたよ。泣きたいのは僕も同じだったけどね。君は貴族で僕は平民だろ？　だから僕は卒業してからの1年、めちゃくちゃ働いて、めちゃくちゃ稼いで爵位を買った。男爵位だったけどね。そんな僕を見て義父も納得してくれた。もちろん商会で働き続けることが条件だったけど、初めからそのつもりだったし。あそこまで我武者羅《がむしゃら》に頑張ったのは、あとにも先にもあの時だけだ。ルドルフとリリベルもそうだけど、あの悪法に縛られていたのは僕も同じだったんだよ」

「なんだか……申し訳ないわ」

「君が謝ることじゃないよ。僕がのろまだっただけ。それにその日が来るまで君に何も言わなかったのは、僕の気持ちを知ったら、君が自分の未来を固定してしまいそうで怖かったんだ。あの日僕が間に合って君に求婚していたら、たぶん君は頷いてくれていたとは思う。商会の仕事にも魅力を感じるだろうし、なんといっても僕と君の間には揺るぎない信頼関係があったからね」

「間違いなくお受けしていたわ」

「でも僕は間に合わなかった。だから学生時代と同じ存在になる方向に舵《かじ》を切った。調べてみたら、君の嫁ぎ先であるワンド侯爵家の領地は僕の本拠地だ。どうすれば領地経営に関われるかって考えていたら、君の方から連絡が来たんだよ。神はまだ僕を見捨てていないと思ったね。だから僕は、とにかくワンド侯爵夫人のために全身全霊で取り組んだ」

「ありがとう。今さらだけど……本当にありがとうね」

「僕の方こそ、お礼を言うよ。領地で初めて会った時、君の口から侯爵夫人という立場は仕事としてやっているだけで、白い結婚が条件だと聞いてどれほど安心したことか。君には分からないだろうな。でもあんなことがあって、ルドルフの目が君に向いちゃっただろ？　いっそ殺してやろうかって思ったくらいさ」

「でもあなたの態度はむしろ擁護《ようご》しているというか、推している感じだったわよ？」

「うん。そう見せかけてたよ。君は仕事を途中で放り出すような人じゃないし、おそらく周りがルドルフを責め立てると、意に反しても庇ってしまうだろ？　だから君自身がルドルフという男のダメさ加減にうんざりするまで見守るしかなかった。早く見切りを付けてほしくて煽ったりしてさ。でも僕だけじゃ目が届かないこともあるから、イリーナを引っ張り込んだりダニエルを巻き込んだり。これでもかなり苦労したんだぜ」

「ああ、彼らの登場はそういうからくりだったのね。嬉しかったけど」

「僕たちはマリアンヌ完全包囲網を敷いた。みんな、僕の気持ちを知っていたから、全力で助けてくれたよ。そう言えば、ダニエルと2人でねちねちとルドルフを追い詰めた夜に、僕は彼に『君には愛は沁みない』って言ったんだけど、それって聞いた？」

「うん。聞いた。でも私はあなたの言いたいことは分かったわよ？」

「そう？　嬉しいな」

「ルドルフの愛は沁みないって意味でしょう？」

「さすがだ！　マリアンヌ。君は愛が分からないって言うけれど、本能的に愛の本質を誰よりも理解しているよ。でもそれは、他者への愛に限られているから。君が分からないって言ってるのは自己愛のことだろうと思う。それは真摯な愛を受けたことがないからかもしれないって僕は思っているんだけど、どう？」

「他者への愛を私が持っているのかは別にして、私に真摯な愛を向けてくれた人は確かに少ないわね。友愛ならイリーナにもララにも、ダニエルにもオスカーにも。もちろん、あなたからもたくさんもらってるって実感しているわ」

「そうだね。でも僕のは、友愛だけじゃないよ」

ケニーは馬車を停めるよう御者に指示を出して、マリアンヌの前にゆっくりと跪いた。

ケニーがマリアンヌの手を握り、顔を正面から見つめる。

「なあに？」

「マリアンヌ、愛してる。ずっとずっと愛していたんだ。君が入学した時から変わらず」

「ケニー、私もあなたを愛しているのだと思う……。ごめん。こんな言い方で」

「大丈夫。君のことをずっと見守ってきた僕だよ？　今の言葉が最上位の返事だと理解しているさ。それにしても、こんなに嬉しいとはね。自分でも驚いているよ。ルドルフを殴らないために、どれほどの忍耐力を必要としたことか！　国王から表彰状をもらいたいくらいだ」

「嬉しいわ、ケニー。あなたでよかった。いいえ、あなただから嬉しい」

「ルドルフにはずっと前から話は付けてあるんだ。彼も心から祝福するって言ってたよ。僕が失恋した時は、やけ酒に付き合うとかぬかしやがったけど。マリアンヌ、僕は君が納得するまでいくらでも待てるから、安心してアランの成長を見届けなさい」

「ありがとう、ケニー。本当にありがとう。アランには本当のことを話すべきだと思う？」

「ルドルフはそうしたいって言ってたし僕も賛成だけど、君が思うようにすればいい」

「もしアランに反対されたら？」

「そうだなぁ……。もしそうなったら、駆け落ちしようか」

「まあ！　素敵！」

「幸せになろうね。お互いを尊重して、毎日を楽しむんだ。そしていつか君がアランを通して自分の過去を浄化し終わったら、２人で本物の家族になろうね」

「はい。よろしくお願いします」

9章　穏やかな幸せ

領地での仕事を終えた2人は早々に王都に戻り、ルドルフに報告した。

ルドルフは半泣きだったが、祝福の言葉をくれた。

マリアンヌは悩み抜いた結果、アランに本当のことを伝えることにした。

10歳になったアランは予想に反して、既に真実を知っていた。

「いつ知ったの？」

「学園に入る前に図書室の前でメイドたちが話してた。よくしゃべるメイドたちだよね。ちょっと再教育を考えた方がいいかも。それから何度もお願いして、マーキュリー先生に全部聞いたよ。産みの親のことも、お母様がどんなに頑張っていたかも。僕は一度もお母様の愛を疑ったことがないから、へぇ～そうなんだぁって思ったくらいだったよ？　まあ、お父様の所業はさすがにどうかと思ったけどね。でも僕はお母様と同じ色を持っていることが誇らしいから、みんなが心配するほどお父様のことを嫌いにはなっていない」

ルドルフが顔を覆った。

「それにお母様を幸せにしてくれるのが、ケニー先生だもの。僕はとっても嬉しいんだ」

「ありがとう。アラン……、素敵な子に育ってくれたのね」

「ケニー先生とイリーナ先生とマーキュリー先生のお陰だね。もちろん一番はお母様だけど。それで？　お父様とお母様は離婚ってことなの？」

「迷ってるわ。あなたのことを一番に考えたいの」

「ケニー先生をあまり待たせるのは酷だよ。だから僕は離婚した方がいいと思う。多少は営業活動に支障が出るかもだけど、そこはお父様が頑張るしかないでしょ？　贖罪として。お母様には絶対に絶対に絶対に幸せになってもらいたいんだ。でも、ずっと……お母様って呼んでもいい？」

アランがもじもじと恥ずかしそうに言った。

「もちろんよ！　ずっとそう呼んでね！　ずっとよ！　ず〜っと！」

マリアンヌはアランに駆け寄って抱きしめた。

「たまには会える？」

その問いには、ケニーが応えた。

「いつでも、君が望む時に、望むだけ」

「ありがとう、ケニー先生。だったら早い方がいいよ。僕は学校があるから、ほとんど屋敷にはいないし。使用人たちへのフォローも教育も、僕がしておくから安心して」

ルドルフがアランの頭を撫でながら言う。

「お前……いつの間にそんなにいい男になったんだ？」

「素晴らしい先生方とお母様、そしてお父様というスーパー反面教師がいたからね」

ルドルフが再び顔を覆った。

「アラン？　あなたを産んだ方に会いたい？」

「う～ん……。必要ないかな。だって血縁ってだけで僕の中では家族じゃないんだ。もちろん恨んでも憎んでもないし、幸せならよかったねって思うし。僕の家族は、仕事はできるけどポンコツなお父様と、僕が愛してやまないお母様だもの。あっ！　でもお母様を幸せにしてくれるなら、ケニー先生も僕の仲間に入れてあげる！　だからずっとアランって呼んでね」

「約束するよ。君の仲間に入れてくれ、アラン」

ケニーがアランに手を差し出し、アランが嬉しそうに握手した。


ルドルフは離婚の慰謝料という名目で、領地の屋敷を使用人ごとマリアンヌに譲渡した。

離婚に際しての財産分与を固辞したマリアンヌは、今まで通りワンド侯爵家の仕事を続け、今後は報酬を受け取ることで同意した。

「契約のまき直しですわね？　侯爵様」

「ああ、今度こそ最後にしよう。それと……友達だろ？　爵位呼びは勘弁してくれよ」

「了解しましたわ。ルドルフ」

半年待って婚姻届けを出した2人は、譲り受けたマナーハウスを改装し、使用人たちも継続して雇用した。

マリアンヌの努力と苦労を知っている使用人たちは、喜んで心から2人に仕えた。

ルドルフも仕事で来る度に滞在するし、アランも休暇の度にやってくる。

ケニーとマリアンヌは、そんな2人を心から歓待し、楽しい時間を過ごした。

マリアンヌは領地での活動に重点を置き、リッチモンド商会の仕事も手伝っている。

侯爵家配下の事業の統括と、リッチモンド商会の仕事を兼務するケニーは、以前にも増して忙しい。

それでも2人は、仕事でも生活でも信頼するパートナーとしてお互いを尊重している。

ケニーはマリアンヌの幸せだけを望み、マリアンヌはケニーの幸せだけを願う。

やっとマリアンヌが手に入れた穏やかな日々が、流れるように過ぎていく。

マリアンヌもケニーも、ルドルフもアランも、対外的には何も変わっていない。

毎日やっている仕事も変わらない。

ただ戸籍の記載内容が、ちょっと書き変わっただけ。

言わなければ誰にも分からない、ほんの些細《ささい》なこと。

あとがき

はじめまして、志波　連と申します。

この度は拙作『お飾りの妻は今の暮らしを続けたい！』をお読みいただき、心から感謝いたします。

本作は私にとって、初めて書籍化された作品です。

子供のころから本を読むのが大好きで、ジャンルを問わず読み漁っていただけの私にとって、自分の書いた文章が製本化されるなど、まさに夢のような経験でした。

これもひとえに、本作を読んで応援してくださった皆様と、この作品を見つけ出して下さったツギクル株式会社編集担当の皆様のお陰です。ありがとうございました。

さて、本作は主人公であるマリアンヌが、自身の不幸な生い立ちにもめげず、自分の成長のために奮闘する物語です。
本作のテーマは「幸せとは何か」なのですが、作品の中の会食シーンで「与えられた幸せなら心ゆくまで享受すればいいんだ。いずれそれを還元する立場になる。その時になったら、今まで受けた幸せを倍にして社会に返せる人間になれ。そうできるように今は勉強するんだよ」

というセリフがあります。

この言葉は、幼馴染であり親友であった女性から、学生時代に私自身が言われた言葉です。

彼女は残念なことに病気で亡くなってしまいましたが、彼女のこの言葉は今でも私の心の中で生き続けています。

彼女が言うほどの功績も実績も、ましてや社会に還元できるようなものなど何もない私ですが、本作を通してこの言葉を読者の皆様にお伝えできたことは、とても嬉しく思っています。

また、イラストを引き受けて下さったイラストレーターのありおか先生にも、心からの感謝を伝えさせてください。

まるで私の脳内をのぞき見されたのかと思うほど理想通りのイラストで、マリアンヌの凛とした美しさが見事に表現されていて、初見の時には感動で泣いてしまいました。

最後になりますが、これからも、読んでみようかなと皆様に思っていただける作品を目指して、日々精進して参ります。

またいつか、何かの作品でお目にかかれることを心より願っております。

本当にありがとうございました。

2023年7月　志波　連

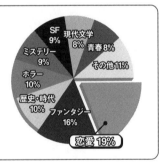

逆行した悪役令嬢は、なぜか魔力を失ったので深窓の令嬢になります
1〜6
著†蒼伊
イラスト†RAHWIA
「フロースコミック」からコミックスも好評発売中!
魔力がなくても精霊と一緒に未来を変えます!
魔力の高さから王太子の婚約者となるも、聖女の出現により
その座を奪われることを恐れたラシェル。
聖女に悪逆非道な行いをしたことで婚約破棄されて修道院送りとなり、
修道院へ向かう道中で賊に襲われてしまう。
死んだと思ったラシェルが目覚めると、なぜか3年前に戻っていた。
ほとんどの魔力を失い、ベッドから起き上がれないほどの
病弱な体になってしまったラシェル。悪役令嬢回避のため、
これ幸いと今度はこちらから婚約破棄しようとするが、
なぜか王太子が拒否!? ラシェルの運命は——。
悪役令嬢が精霊と共に未来を変える、異世界ハッピーファンタジー。
1巻：定価1,320円（本体1,200円＋税10%） ISBN978-4-8156-0572-8
2巻：定価1,320円（本体1,200円＋税10%） ISBN978-4-8156-0595-7
3巻：定価1,430円（本体1,300円＋税10%） ISBN978-4-8156-1044-9
4巻：定価1,430円（本体1,300円＋税10%） ISBN978-4-8156-1514-7
5巻：定価1,430円（本体1,300円＋税10%） ISBN978-4-8156-1821-6
6巻：定価1,430円（本体1,300円＋税10%） ISBN978-4-8156-2259-6
ツギクルブックス
https://books.tugikuru.jp/

ツギクルブックス

愛読者アンケートに回答してカバーイラストをダウンロード！


愛読者アンケートや本書に関するご意見、志波 連先生、ありおか先生へのファンレターは、下記のURLまたは右のQRコードよりアクセスしてください。

アンケートにご回答いただくとカバーイラストの画像データがダウンロードできますので、壁紙などでご使用ください。

https://books.tugikuru.jp/q/202307/okazariduma.html

本書は、「小説家になろう」（https://syosetu.com/）に掲載された作品を加筆・改稿のうえ書籍化したものです。

お飾《かざ》り妻《づま》は今《いま》の暮《く》らしを続《つづ》けたい！

2023年7月25日　初版第1刷発行

著者　志波《しば》 連《れん》

発行人　宇草 亮
発行所　ツギクル株式会社
〒106-0032　東京都港区六本木2-4-5
TEL 03-5549-1184
発売元　SBクリエイティブ株式会社
〒106-0032　東京都港区六本木2-4-5
TEL 03-5549-1201

イラスト　ありおか
装丁　ツギクル株式会社

印刷・製本　中央精版印刷株式会社

ISBN978-4-8156-2224-4
Printed in Japan